너에게도
사랑은 온다

내게도
사랑은 온다

그들에게는
특별한 데이트 비법이 있다!

결혼에 성공한 커플에게는 특별한 데이트 비법이 있다고 생각하는가? 그렇다면 우리의 이야기가 그 질문의 답이 될 것이다.

우리는 개발한 데이트 방법을 처음 선보이면서 우선 실제 그 방법에 따라 데이트를 하는 커플을 지켜보기로 했다. 선정 대상은 어릴 때부터 친구 사이로 함께 사업을 한 커플. 그들은 모두 진정한 사랑을 찾는 데 적극적이고 긍정적이었다. 다소 힘든 시기도 있었지만 그들은 첫 번째 데이트에서부터 미래를 약속하기까지 한 단계 한 단계 우리의 시스템을 잘 따라주었다. 연인이 아니었던 두 사람은 우리가 개발한 데이트 방법을 실행하는 동안 연인이 되었고, 결혼까지 하게 된 것이다!

그 커플 중 한 명은 현재 라이프 코치로 일하고 있는 라이언이고, 그와 사랑에 빠진 여성은 심리학자인 제시카이다. 바로 우리다! 사실 우리도 우리가 연인이 될 수 있을지 몰랐다. 더구나 서로를 사랑하게 될 줄이야! 마음을 열고 사랑에 빠질 준비를 한다면 기대하지도 못했던 순간에 놀라운 미래가 눈앞에 펼쳐질 것이다.

당신에게 사랑을 가져다 줄 데이트 방법을 소개합니다

정말 그를 만날 수 있을까 걱정하지 말자. 제발 이제부터는 걱정은 그만하기로 하자. 걱정을 접는 것은 정말 중요하다. 이제 걱정과 불안은 모두 던져버리자.

당신은 자신의 완벽한 이상형, 즉 '진정한 사랑'을 기다리고 있다. 어쩌면 그는 지금 이 순간 당신 옆에 앉아있을 수도 있고, 오늘 아침 지하철에서 당신을 스쳐 지나갔을 수도 있다. 대학 때 함께 수업을 들었을 수도 있고, 동호회 모임에서 만났던 매력적인 눈웃음의 주인공이 '그'일 수도 있다. 이처럼 당신은 이미 그를 만났을 수도 있고 아직 못 만났다면 곧 만날 것이다.

자, 이제 그를 만났다고 가정하고 그 다음 상황을 상상해보자. 그를 만난다면 어떤 일이 벌어질까? 물론 행복할 것이다. 하지만 그것도 잠시. 당신의 머릿속은 복잡한 질문들과 불안으로 채워지곤 한다. 당신과 함께 있지 않을 때는 무엇을 하는지, 지금 이 순간에는 누구와 함께 있는지(혹시 여자와?) 등의 질문들이 당신을 괴롭힐 것이다. '그가 왜 전화를 걸지 않는 것일까? 도대체 무슨 생각을 하는 거지? 뭘 하고 싶어 하는 걸까? 그가 정말 나를 원하고 있는 것일까? 그가 나를 사랑하게 하려면 난 어떻게 해야 할까?' 등의 질문 때문에 괴로워한 적이 있을 것이다.

그가 왜 전화번호를 물어보지 않는지, 왜 전화하겠다고 해놓고 하지 않는지, 왜 다시 데이트신청을 하지 않는지, 또 왜 당신과 보다 진지하게 사귀지 않는지 궁금할 것이다. '우리가 정말 사귀는 것이 맞나?' 하는 생각까지 들 것이다. 하지만 이 질문에서 벗어나야 한다. 관계가 발전될 때 생기는 괴로운 의심들을 떨쳐버려야 한다는 뜻이다.

이 책은 그를 찾아서 제대로 된 데이트를 하고 그와 해피엔딩을 맞이할 때까지의 모든 방법을 바꾸어 당신의 에너지 낭비를 막도록 도와줄 것이다. 처음에는 힘들 수도 있다. 하지만 우리는 당신이 새로운 문화를 접하고 데이트다운 데이트를 할 수 있도록, 또 당신이 원하는 사랑을 찾을 수 있도록 확실히 도와줄 것이다.

"정말 그를 만날 수 있을까?"

다시 한 번 말하지만, 부디 믿음을 가져라.

저자 라이언 & 제시카

PART 1. 내게도 사랑이 올까?

PART 2. 내게도 사랑은 온다!

사랑을 시작할 때 겪는 몇 가지 모습들

● 상대에 대해 쉽게 가지게 되는 확신

잘나가는 광고 회사 중역인 스물여덟 살의 줄리는 어느 토요일 저녁, 학교 선생님인 아만다와 함께 '괜찮은 남자'를 만날 작정으로 길을 나섰다. 그녀들은 사랑에 빠질 모든 준비가 되어 있었다. 말 그대로 정말 '준비'가 다 되어 있었다. 고급 미용실에서 머리를 다듬고 스타일리시한 스키니에 최신 유행 메이크업으로 무장한 그들은 남자들을 낚기 위한 최적의 장소로 향했다. 줄리는 아만다가 잠시 자리를 비운 사이 혼자 앉아 있었고, 바로 그때 샘이 그녀에게 다가왔다.

서른 살의 샘은 로펌에서 근무하는 변호사로, 고급 승용차를 타고 자신의 럭셔리 콘도로 향하던 길이었다. 샘은 전형적인 작업 멘트를 날리지는 않았다. 하지만 그의 말은 싸구려 멘트보다 더 효과가 있었다.

"이쪽을 보다가 당신이 혼자 앉아 있는 걸 보았어요. 와서 말을 걸어야겠다고 생각했죠."

달콤한 목소리로 속삭이는 잘생긴 남자를 보고 줄리가 다른 어떤 생각을 할 수 있었겠는가?

그들은 20분 정도 얘기했고, 대화가 끝날 때쯤 줄리는 샘에게 자신의 연락처를 주었다. 휴대전화 번호, 집 전화번호, 회사 전화번호, 이메일 주소, 그리고 마지막으로 만약의 사태를 대비해서 자신의 친지를 통해 연락하는 방법까지 알려주었다. 샘이 자신에게 연락할 방법이 없었다는 변명은 절대 할 수 없을 정도로 만들어버린 것이다.

다행히 샘은 정말 줄리에게 연락할 생각이었다. 그날 밤 곧바로 전화를 걸어 주말에 만나자는 약속을 한 것이다. 금요일 저녁, 줄리는 로맨틱한 이탈리안 레스토랑에 앉아 있었다. 붉은 체크무늬 시트가 덮인 테이블을 사이에 두고 앉아 있는 잘생긴 변호사 혹은 미래의 남편을 응시하면서. 동화 같은 그들의 이야기에서 해피엔딩이 아닌 다른 결말을 기대할 수 있을까?

그날 밤, 샘은 줄리에게 붉은 장미다발만 준비한 것이 아니었다. 뭔가 더 로맨틱한 것, 그들의 미래에 대한 이야기를 선물한 것이다.

"혹시 메인주(Maine) 좋아하나요? 그곳에서 낙엽이 떨어지는 걸 같이 보면 좋을 것 같은데. 메인주에 별장을 하나 갖고 있는데 벽난로도 있고 야외 욕조도 있거든요. 정말 아늑하고 은밀한 곳이죠."

줄리는 그의 말을 들으면서 곧바로 그들의 결혼식 장면과 아이들의 이름을 떠올렸다. '내가 메인주를 얼마나 좋아하는데! 물론 실제로 가본 적은 없지만, 낙엽도 좋고 벽난로 앞에서 안고 있는 것도 너무 좋아. 야외 욕조는 말할 것도 없고!' 샘이야말로 그녀가 찾던 '그'였다. 드디어 찾아낸 것이다!

첫 번째 데이트 이후, 샘은 줄리에게 갑자기 전화를 걸었다.

"지난밤은 정말 즐거웠다고 말하고 싶어서요. 이번 토요일에 같이 보트 타러 갈래요?"

환상적인 두 번째 데이트의 클라이맥스는 열정적인 딥키스였다. 줄리는 선을 넘고 싶지 않았다. 하지만 키스가 너무나 뜨거웠고 그 순간이 너무 완벽해 보였다.

보트는 반짝이는 물 위를 가르며 앞으로 나아가고 있었고 때마침 노을이 지고 있는 데다가 달콤한 샴페인이 그녀를 흥분시켰다. 그는 왜 베리 화이트의 노래를 틀어놓았을까? 베리 화이트의 노래는 콘돔과 세트인데 말이다. 그 뒤의 상황에 대해서는 자세히 말하지 않겠다. 알아서 상상하기 바란다. 사실 그다지 열정적이지는 않았다. 음, 그냥 줄리는 그 주 내내 베리 화이트만 들었다고 해두자.

전화 집착 증세

그리고 줄리는 사랑에 빠져 몽롱한 채로 월요일, 화요일을 보냈다. 수요일 아침이 되자, 줄리는 자신감이 넘쳤다. 함께 밤을 보낸 날 사랑으로 넘쳤으니, 샘은 오늘쯤 전화를 해 올 것이라고 생각한 것이다.

줄리는 하루 종일 구름 위를 걷는 것처럼 들떠 있었다. 그녀만이 아니라 친구들도 들떠 있었다. 이제 샘과 줄리의 러브 스토리를 아는 친구는 비키, 샐리, 조이스로 늘어났다. 그들은 샘이 어떻게 나오는지를 가만히 지켜보기로 했다. 샘은 그들의 손바닥 안에 있었다. 그가 줄리를 실망시킨다면 가만두지 않을 기세였다.

수요일 저녁, 줄리는 재빨리 집으로 향했다. 화장실에 갔다가 부엌에 서서 대강 끼니를 때우며 내내 전화벨이 울리기만을 기다렸다. 하지만 전화벨은 울리지 않았다. 시간이 지나자 조금씩 걱정이 되기 시작했다. ‘분명히 오늘 전화를 할 텐데.’

그리고 줄리는 ‘만약의 상황’을 생각해 보기로 했다. 어쩌면 그의 절친이 여자친구에게 차여서 같이 술을 마셔줘야 할지도 모른다. 어쩌면 그를 너무나 필요로 하는 상사가 뉴욕으로 급한 출장을 보냈을 수도 있다. 어쩌면 휴대전화를 집에 두고 갔을 수도 있다. 결국 줄리는 이런 상황들이 생겼을 것이라고 확신했다.

결국 줄리는 자정이 되자 조이스에게 전화를 했다. 조이스는 한밤중에 전전긍긍하는 줄리를 백 퍼센트 이해해주었다. 조이스 역시 똑같은 이유로 새벽 4시에 줄리에게 전화를 한 적이 있기 때문이다. 그들은 초콜릿과 감자튀김을 먹으며 서로의 연애를 상담해주었다. 조이스는 샘이 내일은 분명 전화할 것이라고 말해주었다.

왜 전화가 오지 않는 거지?

다음날 줄리는 상심에 가득 차 출근했다. 그리고는 친구와 영화를 보러 갔다가 영화가 끝나기도 전에 집으로 달려갔다. 사실 휴대전화를 수시로 확인하다가 극장에서 쫓겨났지만.

하지만 9시가 되도록 전화는 오지 않았고, 줄리는 샘에게 무슨 일이 생긴 것이 아닌가 걱정이 되었다. '왜 전화를 않는 걸까? 모든 것이 완벽했는데. 혹시 내가 휴대전화 요금을 안내서 전화가 끊겼나? 설마 전화회사에서 그의 전화를 차단하고 있는 건 아니겠지? 아냐, 조이스가 금방 전화했는데 전화가 왔잖아. 어쩌면 문자를 보내봐야 할지도 몰라.'

줄리는 자신의 또다른 연애 상담 전문 친구인 샐리와 두 시간이 넘게 통화한 끝에 결국 샘에게 문자를 보내기로 했다.

"무슨 문제라도 있는 건 아닌가 해서 연락했어요."

줄리는 자신이 자연스러워 보일 거라고 생각했다. 안절부절 못하는 것처럼 보이지 않을 거라고 말이다.

밤 11시가 되자 줄리는 단순히 안절부절 못하는 것을 넘어서 미칠 지경이었다. 그리고 전화를 해야겠다고 결심했다. 그녀는 떨리는 손으로 샘의 번호를 누르고 그의 목소리를 기다렸다. 하지만 줄리의 귀에 들리는 것은 음성 사서함 메시지였다. 이럴 수가!

하지만 이미 엎질러진 물이었다. 줄리는 일단 전화를 끊고 15분 후에 다시 전화를 걸어야 할지, 아니면 메시지를 남겨야 할지 망설였다. 결국 메시지를 남기기로 결정한 줄리는 최대한 절박하지 않아 보이는 목소리로 말했다.

"줄리에요. 연락이 없어서 전화했어요. 많이 걱정돼서요."

그녀는 자신의 메시지를 다시 들어보았다. 뭔가 정신없이 말하는 것 같았다. 줄리는 재녹음 버튼을 눌렀다.

"줄리에요. 그냥 안부전화 했어요. (침묵) 그러니까, 안녕? (침묵) 그럼 안녕."

그리고 다시 녹음한 메시지를 들어보았다. 덜 떨어진 것처럼 들렸다. 줄리는 십 분이 넘게 음성 메시지와 씨름했다. 그리고 결국 "줄리에요. 전화 주세요"로 결정했다.

하지만 줄리는 그 메시지가 얼마나 딱딱하게 들리는지 깨닫지 못했다. 새벽 2시가 넘도록 샘에게서는 전화가 없었고 줄리는 온갖 망상에 시달리기 시작했다.

'어쩌면 샘이 사업상 접대 명목으로 슈퍼 모델을 만나고 있을지도 몰라. 이번 주에 접대가 있다고 했었으니까. 지금쯤 둘이 같이 침대에 있을지도 모르지…… 안돼!'

줄리는 자신이 정말 어처구니없는 생각을 하고 있다고 결론 내렸다. 샘은 그저 쿨 한척 하는 거라고, 그러니 자기도 쿨 하게 행동해야 한다고 생각했다. 그러고는 일어나서 케이블 TV에서 하는 〈브리짓 존스의 일기〉를 봤다. 십 분 후, 전화벨이 울리자 줄리의 심장은 터질 것 같았다. 하지만 실망스럽게도 그녀의 친구에게서 온 전화였다. 샘에게서 연락이 왔는지를 물어보려고 한 것이다. 줄리는 실망에 가득 차서 잠자리에 들었다.

헷갈리게 하는 남자의 태도 & 머릿속을 채우는 수만 가지 질문들

줄리는 하루 종일 휴대전화를 수만 번도 넘게 쳐다보면서 매 십 분마다 문자가 왔는지 확인했다. 하지만 아무것도 없었다. 그녀는 일에 집중하려고 노력했지만 결국 십오 분마다 집 전화의 자동응답기를 확인하는 자신을 발견하고 말았다. 역시 아무 메시지도 없었다. 금요일 밤이 되자 줄리는 결국 정신을 놓고 말았다.

그녀는 아무것도 먹지 못했고 잠도 잘 수 없었다. 그저 샘과의 데이트를 생각하고 또 생각했다. 그녀는 불안에 떨고 있었고 진정할 수도 없었다. 머리가 깨지는 것 같았다.

그리고 갑자기 놀라운 일이 일어났다. 새벽 두 시, 줄리의 휴대전화가 울렸다. 자는 중에 혹시 전화를 못 받을까봐 베개 밑에 휴대전화를 놔둔 보람이 있었다. 샘에게서 온 문자였다. "줄리, 지금 뭐 해?"

줄리는 기쁨으로 가슴이 벅차올랐다. 곧바로 침대에서 일어나 불을 켰다. 입가에는 커다란 미소가 번졌고, 이 순간을 되새기기 위해서 그의 문자를 저장한 후 그에게 곧바로 전화를 했다. 하지만 샘은 받지 않았다. '뭐야?'

그녀는 다시 번호를 눌렀다. 신호가 갈수록 줄리의 심장 박동이 빨라지기 시작했다. 샘의 문자는 줄리를 정말 헷갈리게 만들었다. 그리고 언제나처럼 줄리를 맞아줬던 짜증스럽고 고통스러운 음성 사서함 아가씨의 목소리가 들려왔고 줄리는 전화를 끊어버렸다. 그리고 곧바로 다시 전화를 했지만 역시 샘은 받지 않았다.

젠장! 그녀는 뭘 어떻게 해야 할지 몰랐다. 줄리는 혼란스러워하며 그에게 문자를 보냈다. "이봐요! 방금 문자 받고 전화했는데 안 받네요. 뭐하는 거예요?"

역시 아무 대답이 없었다.

'메인주로 여행 가자던 계획은 어떻게 된 거지? 도시에서 벗어나 얼른 가정을 꾸리고 정착하고 싶다던 그의 말은 무슨 뜻이었을까? 빌어먹을 별장은 또 뭐냐고!'

그녀는 겁에 질려서 친구들에게 전화를 했다. 친구들 역시 너무 충격을 받은 나머지 어떤 충고도 해주지 못했다. 비키는 그저 "그러게 변호사들은 다 재수 없다니까. 그냥 잊어버려. 내 생각엔 그는 너에게 반하지 않았……." 앗! 이 말은 못들은 걸로 해주기 바란다. 다른 책에 나오는 말인데…!

여하튼 줄리는 마치 약이 떨어진 마약 중독자처럼 굴고 있었다. 길고 외로웠던 주말이 끝나고 줄리는 새로운 계획을 세워 월요일을 맞이했다.

점심시간이 되자 줄리는 택시를 타고 시내를 가로질러 햄버거를 먹으러 갔다. 샘이 매일 점심을 먹는다는 햄버거 가게였다. 그녀의 계획은 우연히, 예기치 않게 샘과 마주치는 것이었다. 줄리는 차분하게 택시에서 내려 가게로 향했지만 샘이 그곳에 없다는 것을 알고 크게 상심했다.

한 통의 전화에도 쉽게 무너지는 자존심

샘과 연락이 되지 않아 근심에 가득 찼던 한 주가 지나고 다시 금요일이 왔다. 줄리는 샘에게 다시 전화해도 될 만큼 충분히 기다렸다고 생각하고 샘과 주말에 다시 만날 수 있을지 알아보기 위해 다시 그에게 전화를 했다.

이번에도 전화를 받은 것은 음성 사서함 아가씨였다. "줄리에요. 이번 주도 잘 지냈어요? 조만간 한번 봐요."

그리고는 샘에게만 집중하는 것을 막기 위해서 TV를 켰다. 그런데 이 때! 샘에게서 문자가 온 것이다!

"줄리! 뭐해요? 연락이 안 돼서 미안해요. 정말 보고 싶네요. 지금 괜찮으면 그쪽으로 가고 싶은데, 괜찮아요?"

줄리는 가슴이 터질 것 같았다. 하지만 그녀는 안달하는 것처럼 보이지 않기 위해서 마음을 가라앉혀야 한다는 것을 알고 있었다. 그래서 꼬박 5분을 참았다가 답문자를 보냈다. 문자를 쓰는 동안 줄리의 머릿속에는 '연애의 법칙'이 춤을 추고 있었다. "아, 금방 집에 오긴 했는데. 보는 것도 괜찮겠네요." 그녀는 자신이 안절부절 못하는 것처럼 보이지 않았다는 것에 뿌듯했다.

샘은 새벽 두 시가 넘은 시간에 반쯤 취해서 줄리의 집으로 왔다. 하지만 그의 눈은 사랑으로 가득 차 있었다. 줄리는 그가 자신과 하룻밤을 더 보낸다면 한적한 교외의 주택과 메인주로의 여행이 현실이 될 것이라는 생각에 가슴이 벅차올랐다. 그녀는 샘이 분명히 그가 그동안 만났던 다른 어떤 여자보다도 자신과 더 잘 맞고 잘 통한다고 느낄 거라 생각했다. 그녀가 바로 샘이 꿈꾸던 여자라는 것을 드디어 깨달았다고 말이다.

줄리는 샘과 열정적인 밤을 보내는 동안, 지난 열흘 동안 왜 연락이 없었는지 꼬치꼬치 캐묻고 싶은 자신의 욕구와 싸워야 했다. 그건 좋은 방법이 아닐거라 생각했기 때문이다.

언 해피엔딩

새벽 네 시가 되자 샘은 침대에서 나와 옷을 챙기기 시작했다. 줄리는 그가 그저 화장실에 가려고 일어난 것이 아니라는 사실에 충격을 받았다. 팬티를 입고 나서 불도 켜지 않은 채 자동차 키를 찾으면서 샘은 줄리에게 미소를 지어 보였다. 줄리는 이 상황을 믿을 수 없었다.

"어디 가는 거예요?"

줄리는 자연스러운 척도 못하고 떨리는 목소리로 물었다.

"오, 줄리. 미안해. 그런데 내일 아침에 마라톤 시합이 있어서 일찍 기차를 타야 하거든. 여긴 내 물건도 없고. 같이 있는 게 좋긴 하지만 그렇다고 여기서 잘 수는 없잖아."

그는 줄리에게 짧은 키스를 날리고 황급히 복도를 빠져나가면서 말했다.

"나중에 전화할게."

샘은 그렇게 말했지만 다시는 전화하지 않았다.

줄리 같은 여성을 본 적이 있는가?

샘 같은 남자와 데이트 해본 적이 있는가?

문제는 그 남자가 아니다

샘의 모습이 그저 '재수 없는 놈'의 또 다른 이야기처럼 들릴 것이다. 남자가 여자를 꼬시고, 여자는 남자에게 빠지고, 남자는 여자에게 상처를 준다. 하지만 이것이 이야기의 전부는 아니다.

잠시 샘을 꼭 재수 없는 놈은 아니라고 생각해보자. 이 이야기를 다른 시선으로 바라보자. 이 이야기를, 처음 데이트를 시작할 때 저지르는 중대한 실수와 잘못된 반응들이 진정한 사랑으로 이어질 수 있었던 감정을 어떻게 이별로 바꾸어 버리는가를 연구할 수 있는 예라고 생각해보자는 것이다. 데이트에 접근하는 보다 효과적인 방법, 즉 당시의 좋은 기분에 따라 행동하지 않고 제대로 된 방법론에 따라서 데이트를 했다면 줄리의 이야기는 완전히 달라졌을 수도 있다.

줄리는 괜찮은 남자를 만나기 위해서 고통을 감수하고 있는 우리 주변의 여성들과 같다. 당신의 상황이 줄리와 같건 다르건 간에, 요즘 세상에 데이트하기가 얼마나 당황스럽고 어색한지 잘 알고 있을 것이다.

다시 줄리의 이야기로 돌아가자. 샘이 전화를 하는 것에 대해 줄리가 얼마나 진땀을 흘렸는지 기억나는가? 줄리가 샘 때문에 스트레스를 받는 동안 줄리는 실제로 진땀을 흘렸고, 그녀의 맥박은 상승했으며 심장은 미친 듯이 뛰었다. 줄리가 경험한 이런 증상은 줄리의 상황을 좀 더 극적으로 표현하기 위해 과장한 것이 아니다.

우리는 현대 여성 대부분이 데이트에 대해 줄리와 비슷한 증상을 경험하고 있다는 것을 알게 되었다. 이 같은 징후는 줄리의 상상 속에 존재하는 것이 아니라 실제로 일어나는 것이며, 궁극적으로는 줄리가 데이트에 임하는 자세에 부정적인 영향을 주었다.

이런 증상을 '현대 여성 데이트 불안증후군(Modern Female Dating Anxiety : MFDA)'이라고 하자. 데이트가 명확하지 못하게 흘러가기 때문에 생기는 증상을 말한다. 무엇보다 놀라운 것은 이런 증상들로 고통 받는 여성들 모두가 데이트를 제외한 모든 부분에서는 만족스러운 삶을 영위하고 있는 자신감 넘치는 여성이라는 것이다. 그들은 직장에서 각자의 능력을 인정받고 있는 것은 물론 다양한 관심사를 가지고 있으며, 가족들과의 관계도 매우 돈독하다. 또한 대부분 활력 넘치는 생활을 하며 폭넓은 인간관계를 유지하고 있다. 하지만 애정문제에 대해서는, 정도는 다를지라도 하나같이 불완전하다.

어쩌면 당신도 여기에 포함될 수 있다. 눈여겨 볼 점은, 그들은 이 문제 외에는 다른 어떤 부분에서도 이렇게 무기력한 적이 없었다는 것이다. 하지만 데이트할 때만은 긴장하고 불안해하며 스스로를 통제하지 못하는 듯한 느낌을 받는다고 한다.

지난 십여 년 동안 우리는 현대 데이트 경향을 조사하고, 싱글 남녀와 커플을 인터뷰하는 것은 물론 직접 데이트도 해 보았다. 앞서 얘기한 줄리는 수많은 여성들의 집합체이며, 그녀의 이야기는 우리가 실제로 조사했던 실화들이다. 줄리에게 일어났던 모든 일들은 많은 여성들이 겪고 있는 일반적인 데이트 경험인 것이다.

데이트하는 방법도 정식으로 배워야 한다

데이트 강좌를 들은 적도 없을 것이고 데이트에 대한 안목을 키워주거나 믿고 의지할 만한 실용적인 데이트 방법을 알려줄 만한 친구나 언니, 혹은 쿨 한 부모님도 없을 것이다.

당신은 길 건너는 법이나 테이블 정리하는 법, 운전하는 법, 리포트 쓰는 법이나 사업하는 요령, 세금공제 방법, 심지어 고대기로 머리를 펴는 방법까지 배웠을 것이다. 하지만 그 누구도 어떻게 데이트를 해야 하는지는 가르쳐 주지 않았다. 아마도 친구나 인터넷, 잡지 혹은 남자와 농담을 주고받는 장면이 들어있는 영화 등에서 데이트에 대한 정보를 얻었을 것이다. 물론 환상적인 섹스 경험도 있을 것이다. 하지만 사랑으로 견고하게 다져진, 로맨틱하고 진정한 연인 관계를 만들 수 있는 체계적인 방법을 설명해준 사람은 없었을 것이다.

우리는 누구나 사랑 받고 싶고 가슴이 요동치는 뜨거운 로맨스를 경험하고 싶어 한다는 것을 알고 있다. 하지만 데이트의 정석을 모른다면 자신도 모르는 사이에 몇 가지 필수 코스를 지나쳐 버릴지도 모른다. 줄리와 샘이 그랬던 것처럼.

몇 번의 열정적인 키스에 만족하는가, 아니면 평생 그런 키스를 받고 싶은가? 진정한 로맨스를 경험하기 위해서는 애정의 4요소, '데이트, 사랑, 섹스, 연인관계'를 잘 정립해야 한다.

데이트는 로맨틱한 관계로 발전할 가능성이 있는 관계 중 누구와의 관계가 가장 가치 있는지를 판단할 수 있는 잣대가 된다. 그러므로 누구에게 마음이 끌리는지를 결정하는 문제에 있어서는 보다 신중하고 현명해야 한다. 같이 놀고 하룻밤을 보내는 가벼운 사이를 만드는 데이트 습관은 진정한 사랑을 만날 수 있는 기회를 놓치게 한다. 그건 그렇다 치자. 하지만 정말 이 사람이다 싶어도, 제대로 데이트하지 않고 열정만을 쏟아 붓는다면 제대로 된 연인 사이로 발전할 수 있는 관계를 망칠 수도 있다.

인생에서 가장 중요한 것은 사랑과 행복이다. 모든 사람들이 원하는 것도 그것이다. 그렇다면 왜 사랑을 찾고 행복을 유지하는 것이 그토록 힘든 것일까?

이제 그 질문의 해답을 찾고, 당신의 인생에서 데이트 불안증을 영원히 없애버리자. 지금부터 알려주는 데이트 방법은 데이트에서의 불확실성을 없애고 사랑의 결실을 맺을 수 있는 해법을 제시해 줄 것이다. 진정한 연인으로 발전할 가능성이 있는 관계에 접근하는 완전히 새로운 방법. 이것을 제대로 습득한다면, 다시 사랑을 시작할 때 더 이상 불안해하지 않을 것이다.

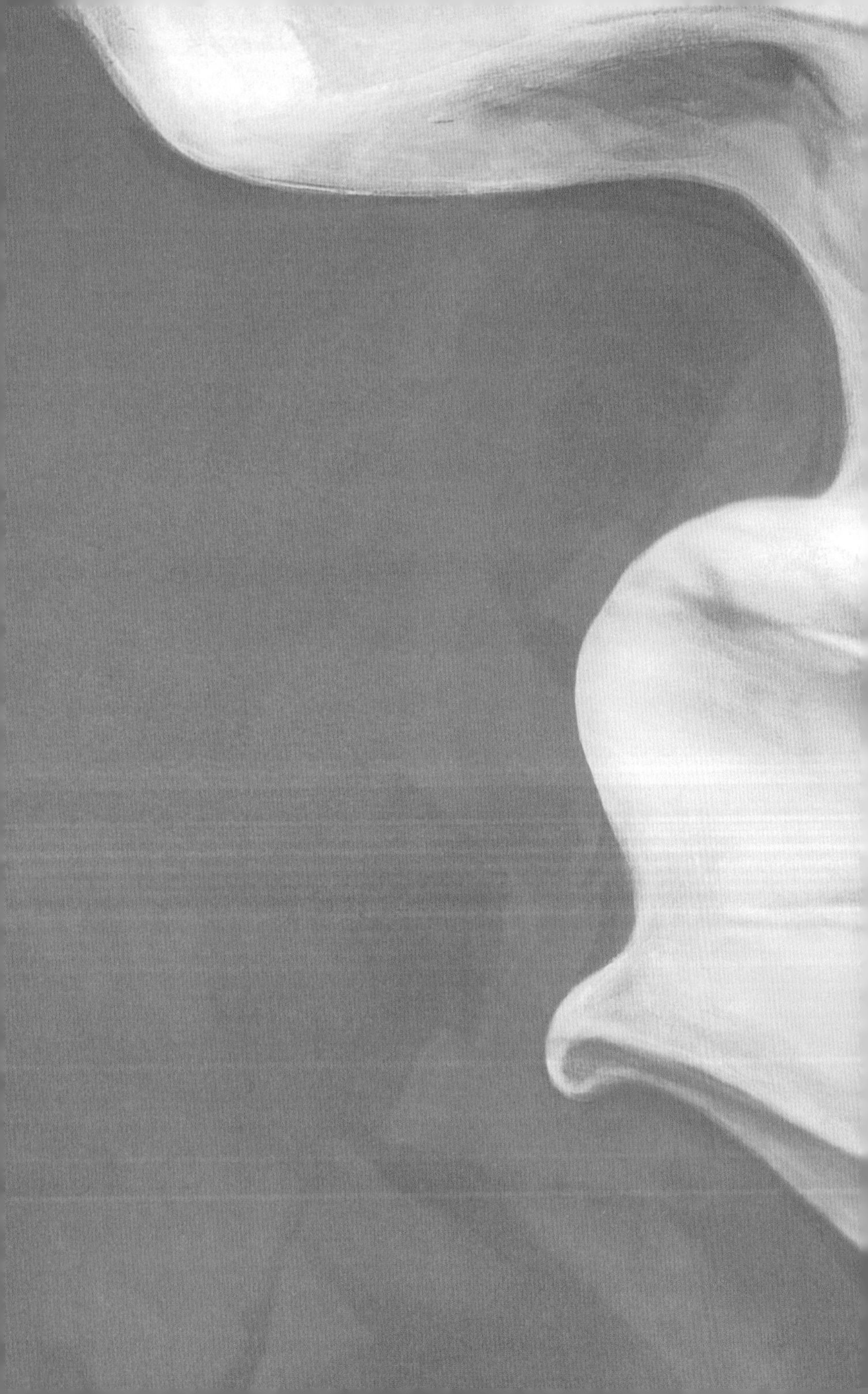

PART I
내게도 사랑이 올까?

나는 지금 유행성 질환인 MFDA에 걸렸다!

당신은 그와의 데이트에서 그가 했던 무수한 말들이 어떤 의미였는지, 왜 그는 전화를 하지 않는지 궁금해 할지도 모른다. 또 머릿속으로 그와의 대화들을 수없이 되새기면서 그것들에 필사적으로 집착할지도 모른다. 하지만 그러지 말자. 당신이 기억하는 상황들에 근거해서 판단하지 말라는 뜻이다. 그저 있는 대로 받아들여야 한다. 울리지 않는 전화기를 바라보면서 그가 왜 그렇게 열정적으로 당신에게 키스했는지, 그리고 왜 연락도 하지 않고 잠적해버렸는지 궁금해 하는 당신의 모습을 보란 말이다. 그것 역시 MFDA다.

줄리의 이야기를 좀 더 해보자. 앞서 얘기했듯이 줄리는 대부분의 보통 여성들을 대변한다. 우리는 당신이 당당하고 추진력 있고 사회에서 인정받는 여성이며, 자신이 원하는 것이라면 뭐든지 성취할 능력이 있다는 것을 알고 있다. 현대 사회에서 여성들은 남성들과 동등하게, 아니 그보다 더 많은 성공의 기회를 갖고 있다고 할 수 있다. 이는 곧 당신이 더 이상 남자에게 인생을 맡길 필요가 없다는 뜻이며, 또 당신 스스로 원하는 인생을 만들어갈 수 있다는 뜻이다. 그런데도 우리는 남자에 대해 이런 질문을 할 수밖에 없다. 왜 남자들은 우리를 생각에 빠지게 만들고 미친 사람처럼 행동하게 하는 것일까?

잠시 각자의 경험을 돌아보자. 혹시 불꽃같은 순간의 감정만으로 남자를 만나본 적이 있는가? 그 감정이 자신을 고통이나 긴장으로 이끈다는 것을 알면서도? 그렇다면 당신은 데이트 불안증, 즉 MFDA 때문에 고통 받은 적이 있다. 또 새로운 만남에 대한 욕구를 잃어버려서 당신의 반쪽을 찾는 것에 대해 회의적이라면 이 역시 MFDA로 고통 받고 있다는 뜻이다. 당신이 그를 만났을 때 가지게 될지도 모를 아주 작은 의심 역시 가장 흔히 나타나는 MFDA의 증상이다.

혹시 매주 몇 차례 함께 밤을 보내는 남자와 사귀고 있는 것이 맞나 궁금했던 적이 있는가? 당신은 그에게 '데이트' 상대일까 아니면 그저 즐기는 상대일까? 두 번째 만남에서 섹스를 하는 것이 좋다고 생각하고 있는가? 잠깐, 설마 당신의 집에서 노닥거리고 섹스를 하는 것이 정말 '데이트'라고 생각하는 건 아니겠지?

도대체 '데이트'란 무엇일까? 정의할 수 있을까? 데이트가 무조건 섹스로 연결되는 것일까? 가벼운 옷차림으로 만나도 되는 걸까, 아니면 언제나 차려 입고 나가서 저녁 식사를 해야 하는 걸까? 만약 당신이 지금 만나는 사람과는 제대로 데이트를 할 수 없다면? 그럼 나중에 충격을 받게 될까? 당신의 이상형을 만날 수 있을지 의문을 가지게 되었는가? 아니면 평생 혼자 밥을 먹어야 한다는 저주를 받았다고 느끼기 시작했는가? 나중에 다시 다루겠지만, 이 모든 질문들은 당신의 증상을 심화시키는 데 한 몫하고 있는 것이다.

● 왜 전화하지 않지?

MFDA에서 가장 흔하게 볼 수 있는 증상은 같은 생각이 반복되는 것이다. 끝도 없는 생각들이 꼬리에 꼬리를 물고 이어진다. 그 생각들은 다른 이들을 통제하려고 시도하는 것이 당신의 불안감을 없앨 수 있다고 꼬드긴다. 이는 데이트의 불확실성을 접했을 때 불안함을 가라앉히고 스스로를 좀 더 편하게 만들려는 혼잣말의 일종이다.

이런 생각들에는 보통 패턴이 존재한다. 당신이 데이트하고 있는 남자에 대해 궁금한 것이 있다고 가정해보자. 그래서 당신은 그와의 대화를 생각하고 또 생각하며 보다 정확한 내용을 기억하려고 할 것이다. 마치 줄리가 자신의 MFDA를 가라앉히기 위해서 샘과의 대화를 되새기고, 그의 말한 마디 한 마디에 집착했던 것처럼 말이다.

이렇게 같은 생각을 반복하는 증상의 또 다른 특성은 계속해서 이런 질문을 하고 있는 자신을 발견한다는 것이다. 그는 왜 전화를 하지 않지? 내가 이렇게 했다면 전화했을까? 날 쉬운 여자라고 생각하는 걸까?

나의 MFDA 지수는?

자, 나는 얼마나 데이트 불안증으로 고통 받고 있는지 알아보자.

1. 데이트를 앞두고 불안하고 불편한 기분이 든다.

2. 불안한 생각들을 멈출 수가 없다.

3. 그가 당신에 대해 어떻게 생각하는지 끝도 없이 궁금하다.

4. 그 남자 외에는 아무데도 집중하기가 힘들다.

5. 감정의 기복이 심하고 그에게서 연락이 없으면 짜증이 난다.

6. 애매모호한 데이트 진행에 불편함을 느낀다.

7. 한두 번 정도 데이트했던 사이인데도 너무 친밀하게 느껴진 적이 있다.

8. 데이트 준비를 할 때 맥박이 빨라지고 뱃속이 요동치며

   손이 땀으로 흥건해진다.

9. 그를 영영 만나지 못할지도 모른다는 생각에 불안한 적이 있다.

10. 데이트나 교제 부분에 있어서의 복잡함이나 불확실성에

    제대로 대처하지 못할 것이라는 불안함을 가진 적이 있다.

11. 차라리 혼자가 낫겠다거나 애완동물과 지낼 생각을 해 본 적이 있다.

위 질문 중 하나라도 "예"라고 대답했다 하더라도, 걱정할 필요는 없다. 당신 혼자만 그렇게 느끼는 것도 아니고 당신이 이상한 것도 아니다. 그건 매우 흔한 증상이다. 대부분의 여성들이 그 같은 경험을 가지고 있다. 사실 여성들은 그들의 새로운 남자에 대해 말하고 그 새로운 데이트로 인해 자신들이 겪고 있는 불안증을 털어놓으면서 친해지니 말이다.

같은 생각을 계속해서 반복하면 그만큼 로맨틱한 관계로 발전할 수 있는 가능성은 줄어든다. 반복적으로 오랜 시간, 많은 남자를 겪으면서 당신의 마음은 그런 생각들과 시각들로 가득 찬 창고가 되어 버렸다. 힘들 때 가서 숨어버리는 창고 말이다.

이런 생각도 할 것이다. '난 일하느라 바빠. 연애에 신경 쓸 때가 아니야. 그는 완벽한 남자도 아닌데 뭐. 그냥 잊어버리자.' 이런 생각들은 새로운 데이트를 경험할 수 있는 기회를 없애버리기 때문에 사랑에 빠지는 것은 점점 힘들어질 뿐이다.

새롭게 편집한 지난 데이트

또 다른 증상은 반복적 이미지를 생산해 내는 것이다. 반복적 생각과 비슷하지만 반전이 있다. 머릿속에 최신 AV시스템을 갖추고, 자신이 원하는 부분만 편집해서 재생한다. 줄리는 집에서 냉동 피자를 데워서 먹을 때도 머릿속으로는 샘과의 멋진 데이트를 시청하고 있다.

혹시 머릿속으로 그런 영상들을 볼 때 '좋은 부분', 예를 들면 키스 장면이나 함께 침대로 뛰어드는 장면 등을 보다 자세히 보기 위해 멈춤 버튼을 눌러본 적이 있는가? 이런 반복적 이미지들은 당신이 겪고 있는 MFDA 때문에 생긴다. 두려움을 없애려는 무의식적인 현상인 것이다. 반복적 영상들의 방어심리는 당신이 실제로 일어나고 있다고 믿고 싶은 환상을 만들어내 데이트의 불확실성을 완화시키려는 노력의 표현이다.

예를 들면 당신은 그가 당신을 좋아하는지 알고 싶을 때, 그가 당신에 대해 어떻게 생각하는지를 기억해내기 위해 머릿속으로 그 당시의 영상들을 틀어본다. 하지만 당신이 보는 것은 다큐멘터리가 아니다. 당신이 만든 최신 멜로영화 '러브스토리 감독판'일 뿐이다. 그가 당신을 반갑게 맞이했던 장면과 그와의 키스장면만을 세밀하게 분석한다. 이렇게 무의식적으로 감독판을 만들어 당신의 애정 관계에 대해 궁금할 때마다 되돌려본다. 사실은 실제 일어난 사건들을 왜곡하는 버전인데도 말이다.

우리는 줄리가 베리 화이트의 나직한 음성이 울려 퍼지는 보트 위에서 샘이 자신에게 키스한 영상을 보았다는 것을 알고 있다. 정말 로맨틱한 일이다. 그렇다면 여기서 무엇이 잘못된 것일까? 하, 알고 보니 줄리는 자신의 감독판에서 샘이 전 여자 친구와 라스베가스로 출장 가기로 약속하는 것을 엿들은 장면을 삭제했다. 또 샘이 아직 가족들에게 그녀를 소개시키기에는 너무 이르다고 말한 것이나 그의 친구들에게 그녀를 여자 친구가 아닌 그냥 친구로 소개했다는 사실을 넣지 않았다. 대신 별장에 있는 빌어먹을 야외 욕조에서 함께 있는 장면을 끼워 넣은 것이다. 줄리의 머릿속에서 상영되는 그 영화의 엔딩은 매우 정열적인 키스로 마무리된다.

샘이 그녀에게 전화하지 않았을 때 줄리는 샘이 다른 여자에게 키스하는 장면을 찍기 시작했고 자신의 머릿속에서 상영되는 것을 방치했다. 때문에 고통스러웠던 줄리는 다시 좋았던 장면으로 돌아가기로 했고 그 영화를 실제 일어났던 것보다 더 로맨틱하게 다시 만들었다. 이 모든 것이 자신의 MFDA를 진정시키려는 시도였다.

반복적 영상의 또 다른 특성은 지난 데이트에서의 특정 장면만 반복해서 보거나 혹은 무엇이 잘못된 것인지를 알아보기 위해 여러 장면들을 다시 보면서 자꾸 그것들을 로맨틱한 버전으로 재편집해버린다는 것이다.

줄리는 샘과 헤어지던 장면을 회상했다. 그들은 그녀의 집 앞에 있었고 줄리는 충동적으로 그에게 키스했다. 특정한 장면들을 수도 없이 돌려보면서 줄리는 결국 자신을 수많은 질문들의 바다에 내던지고 말았다. '뭐가 잘못된 걸까? 먼저 키스했다고 날 너무 들이대는 여자로 생각한 걸까?' 정답을 찾기 위해, 사실은 아무 답이라도 얻고 싶은 마음에 줄리는 반복 영상을 사용한 것이다.

정말 나의 이상형인가?

이 증상은 당신이 생각하고 있던 이상형에 근접한 것처럼 보이는 남자를 만났을 때 나타난다. 이 증상은 당신의 환상과 이상형이라고 생각하는 이상화된 이미지(실제 존재하는 대상이 아닌)와 사랑에 빠질 수도 있다는 위험성이 있다.

줄리의 이상형은 키가 크고 슈트가 잘 어울리는 남자였다. 그녀는 조지 클루니가 섹시하고 지적인 면을 모두 갖춘 완벽한 남자라고 생각하고 있었기 때문에 다른 모든 남자들을 외면했고, 결국 샘을 만났을 때 눈에 콩깍지가 덮인 것이다. 조지 클루니라는 이상형에 너무 집중한 나머지 자신도 모르게 잘될 가능성이 있던 남자들을 거부해버린 것이다.

그와의 가능성을 정확하게 평가할 기준도 없이 남자 혹은 그의 특성을 심사하는 것은, 여성들을 이상화의 희생양으로 만들어 버린다. MFDA는 당신이 이상형을 평생 한번밖에 만날 수 없다고 믿게 만들어 이상형에 어느 정도 일치하는 사람을 만나면 그 같은 남자를 다시 만날 수 없을지도 모른다고 걱정하게 만든다. 바로 MFDA 때문에 말이다!

정신 차리자! 그가 직장을 잃기 직전이거나 알코올 중독이라는 소문에도 당신의 이상형과 완벽하게 일치한다는 이유로 그를 택한단 말인가?

줄리는 대학 시절에 조쉬라는 남자를 만난 적이 있다. 그는 기타리스트였으며 늘 자신은 성공할 거라고 떠들고 다녔다. 줄리는 당시 뮤지션에 아주 심취해 있었으며, 친구들에게 "난 조쉬가 바로 내가 찾던 그라는 걸 한눈에 알 수 있었어. 그는 너무 특별해. 너희들이 생각하는 그런 남자가 아니야"라며 확신했다.

아니긴 뭘? 줄리의 MFDA는 그녀가 조쉬를 만난 지 얼마 되지도 않아 깊은 관계에 빠지도록 했고, 정작 조쉬는 국민연금을 받아야 할 나이가 되기 전에는 한 여자에게 정착할 생각이 없다는 사실을 외면하도록 만들었다. 하지만 더 큰 문제는 조쉬가 언제나 말로는 "줄리만을 사랑한다"고 하면서 다른 여자들과 데이트하는 것을 숨기지 않았다는 것이다. 그는 소위 열성팬들이 그에게 몸을 던지는 것을 즐겼다. 줄리는 그를 독점하고 싶었지만 그와 짧은 시간을 보내는 것만으로도 만족했다. 결국에는 둘이 함께할 것이라고 생각했기 때문이다.

우리가 만난 많은 여성들처럼 줄리 역시 기꺼이 그를 기다릴 수 있었다. 그녀는 계속 그를 돌봐주면서 친구들에게 종종 이렇게 말했다.

"조쉬는 정말 멋져. 다른 여자들도 그를 좋아한다는 것은 알지만 난 그에게서 빠져나올 수가 없어."

우리는 줄리와 비슷한 여성들과 대화를 나누면서 MFDA의 이런 증상들이 그들로 하여금 자신이나 상대가 정말 원하는(혹은 정말 피하고 싶은) 것을 정반대의 시각으로 보게 만들고, 또 그 시각을 지속시킨다는 것을 알

게 되었다. 자신이 상대에게서 원하는 부분을 찾았다고 믿게 만들기 때문
이다.

● 모 아니면 도?

MFDA의 이 증상 역시 당신의 마음을 진정시키기 위해 사용된다. 이는
상황을 흑백 논리로 판단하게 하는 것과도 관계있다. 이 증상이 어떻게
발현되는지 살펴보자.

당신이 그를 완벽하다고 생각하거나 혹은 데이트가 기대만큼 멋지지 않
았을 때 당신은 그 상황이 완전히 잘못되었다고 생각하고 아예 날려버린
다. 당신은 아마 작은 결점을 하나 찾아내어 그것이 매우 중요한 점이라
고 과장하고, 그는 내게 어울리는 사람이라고 생각해버릴지도 모른다.

〈섹스 앤 더 시티〉의 에피소드를 기억하는가? 샬롯이 남자가 데이트에
카네이션을 사오면 바로 차버린다고 말했던 것 말이다. 카네이션이 한 가
지에 여러 송이가 달린 싸구려 꽃이기 때문에 자신을 무시하는 처사라는
이유였다. 샬롯은 싼 꽃을 사오는 남자는 모든 일에 인색할 거라고 생각
한 것이다.

'모 아니면 도'라는 생각은 데이트에서 꽤 큰 문제가 된다. 이 사고방식
은 경솔하고 과감한 선택을 하게 만든다. 데이트가 야기할 수 있는 상처
를 방지하기 위해서다. 즉, 데이트의 불확실성과 MFDA가 가져다주는 비
정상적인 행동으로부터 자신을 보호하는 것이다.

샬롯은 그 남자에 대해 아무것도 몰랐고, 의도를 이해하지도 않은 채 그
를 차버렸다. 샬롯에게는 "그의 모든 것이 나쁘다"며, "그는 분명히 인색

한 사람"일 거라고 단정짓는 것이 더 쉬웠다. 여성들은 남성이 정말 인색한 사람인지 알아보기 위한 정보를 모으고 그의 진짜 모습을 알아가는 위험을 감수하기 보다는, 이렇게 남자를 완전히 한 방향으로 규정짓는 방어체계를 작동시킨다. 그가 카네이션을 좋아해서 사왔을 수도 있는데 말이다.

'모 아니면 도'의 증상은 겨우 첫 데이트를 하고 나서, 아직 그를 제대로 알지도 못하는 상태에서도 생길 수 있다. 겨우 이름과 얼굴만 알면서 그와 사귀고 싶은지, 그와 진지한 관계를 갖고 싶은지를 결정하는 것이다.

줄리는 몇 년 전, 시카고에서 일할 무렵 동창회에서 카스를 만났다. 동창회에서 둘 사이의 옛 감정이 되살아났고 줄리와 카스는 함께 밤을 보냈다. 그렇지만 줄리는 카스를 만난 그 순간에 큰 의미를 두지 않았다. 카스는 복사점에서 일하고 있었고 전형적인 블루칼라처럼 보였다. 반면 줄리는 광고업계에서 어느 정도 위치에 올라있었기 때문에 그와 진짜 데이트를 할 마음은 없었다. 당시 남자친구가 없어서 외로웠을 뿐이다. 결국 줄리는 모 아니면 도 방식으로 결정을 내렸다. 카스는 '사귈 만한 남자'는 아니라고 말이다. 그날 밤, 그녀는 그저 즐기기 위해 카스와 함께 집으로 향했고, 그걸로 끝이었다.

줄리가 카스에게 전화하기 전까지는 말이다. 응? 그렇다. 그와 함께 밤을 보내면서 줄리는 놀라운 발견을 한 것이다. 역시 모 아니면 도 방식으로 그녀는 생각지도 못했던 카스의 모습을 보았다. 그녀는 그들이 정말 공통점이 많다는 것을 보았고, 그를 너무 성급하게 판단했다는 것을 깨달았다. 어쨌든 줄리는 나중에야 카스가 광고회사 중역인 자신보다 돈을 더 많이 번다는 것을 알게 되었다! 이런.

하지만 여기서 문제는 돈이 아니다. 처음에 그녀는 자신의 불안함 때문에 카스에게 '데이트 불가' 판정을 내렸다. 줄리는 카스가 자신을 거절할까봐 두려웠고, 그래서 그가 블루칼라라는 이유만으로 둘은 발전 가능성이 없다고 스스로를 납득시킨 것이다. 줄리는 MFDA의 증상을 다스리기보다 자신의 불안함을 누그러뜨리기 위해 성급한 결정을 내렸다.

하지만 이 결정은 카스와 진지하게 데이트하려고 했을 때, 줄리에게 더 큰 근심거리를 안겨주었다. 줄리는 애초에 카스와 가볍게 만났고 '즐기는 것' 이상의 관심을 보이지 않았기 때문에, 카스도 줄리를 그저 섹스 파트너로만 생각했다. 남자들 역시 모 아니면 도라는 식의 사고방식을 가지고 있다. 이제 카스는 줄리를 '헤픈 여자'로 단정지어 버렸다. 줄리는 이런 사고방식에 뒤통수를 맞은 것이다. 이번에도 어김없이.

발신 목록은 온통 그의 번호?

예전 캘빈 클라인 광고에서 이런 말을 했다. "집착은 사랑을 열정으로 만든다." 패션 업계가 집착에 대해서 이렇게 생각하는 것은 섹시하지만, 보통 사람들이 이런 생각을 하는 것은 절대 섹시하지 않다. 집착은 MFDA의 한 증상이며 당신의 데이트를 완전히 망쳐버릴 수도 있기 때문이다.

그렇다면 집착의 뜻에는 '미치다'와 비슷하다고 생각되는 것 말고 또 어떤 것이 있을까? 집착은 어떤 면에서 만난 지 얼마 되지도 않은 남자에 대해 생각하는 것을 멈출 수 없거나, 그 없이는 미쳐버릴 것 같다고 믿는다는 점에서 '통제 불가능'과도 관계가 있다. 적색경보 발령! 당신은 이미 MFDA의 집착 영역에 들어선 것이다.

집착은 확고한 생각으로 만들어진 강박관념이라고 생각한다. 집착은 흔히 불안감과 짝을 이루며 피상적인 논리로는 없앨 수 없다. 집착은 주로 당신이 상대와 순식간에 사랑에 빠질 때 생긴다. 당신은 그가 완벽하게 멋진 사람이라 확신하고 그가 당신의 남자친구라면 얼마나 좋을까 하는 생각에서 벗어나지 못한다. 그래서 당신은 즉시 당신의 감정을 그 가능성에 아낌없이 쏟아 붓는 것이다. 그리고 그가 당신에게 관심을 보이지 않을수록 당신은 그를 더 원하게 된다! 당신의 MFDA 때문에 당신은 그에게 강박적으로 빠져드는 것이다.

혹시 좋아하는 남자에게 하루에 몇 번이고 전화한 적이 있는가? 잠에서 깨자마자 세수도 하지 않고 그에게 전화한 적이 있는가? 당신의 집에서 멀리 떨어진 그의 집 근처를 배회한 적이 있는가? 다른 사람에게 그가 마치 당신의 남자친구인 것처럼 얘기한 적이 있는가? 친구들과 그의 말 한 마디, 한 마디, 그의 생각, 그의 감정을 면밀하게 분석해 본 적이 있는가?

MFDA의 이러한 증상은 집착이라는 그 자체의 특성 때문에 매우 큰 고통을 야기한다. 이상적인 관계는 조바심이나 강박관념에 사로잡힌 욕망에서 오지 않는다. 집착은 조금만 주의를 소홀히 하면 당신의 데이트를 모두 엉망으로 만들 수 있다.

하나도 맞지 않는 독심술

이 증상은 MFDA의 증상 중에 가장 재미있는 것이다. 이런 증상이 어떻게 재미있냐고? 음, 얼마나 많은 여성들이 자신을 혼란스럽게 하는 남자의 진의를 파악하기 위해서 모여서 수다를 떨까? 하지만 당신이 이 독심술만 제대로 알고 있으면 이는 MFDA 증상 중에 가장 무해한 것이 될 수 있다.

독심술은 아주 사소한 근거들만으로도 당신이 어떤 결론을 내리도록 만든다. 결론을 뒷받침할 만한 어떤 근거도 없는데 순식간에 그 같은 결론을 내리는 경향은 불확실성에서 오는 불안함을 완화시키려는 또 다른 시도이다. 만일 당신이 좋아하고 데이트하는 남자가 무슨 생각을 하는지 모르겠다면 독심술은 잠시나마 당신의 기분을 편안하게 해줄 것이다.

데이트하는 남자의 마음을 읽는 것에 대한 여성의 확신은 정말 놀라울 정도다. 당신은 독심술의 대가가 되어 그가 당신에게 전화를 하지 않는 것은 당신이 날씬하지 않아서이고, 그는 이미 다른 수십 명의 가슴 큰 여자들과 데이트하고 있다고 생각한다.

당신은 아무 근거도 없이 현실과는 동떨어진 부정적인 생각만 하게 된다. 그래서 그의 마음을 읽으려고 할 때 당신은 그와 사귈 수 있는 가능성을 배제해 버리는 결과를 가져온다. 이 모든 것은 당신이 진실이 무엇인지 알 수 없기 때문에 생기는 일이다.

첫 번째 데이트를 수도 없이 하고 나서, 줄리는 자신에게 이렇게 말하기에 이르렀다. '그는 키스하려 하지 않았으니까 내가 매력적이지 않다고 생각하는 것이 분명해. 두 번째 데이트까지 갈 필요가 없겠군.'

어쩌면 이것이 맞을지도 모른다. 하지만 자신의 독심술 기술에만 근거해서 그토록 빨리 판단해버리는 것은 궁극적으로는 정말 특별한 무언가가 만들어지기도 전에 없애버리는 것이 될 수도 있다.

귀찮다고?

두려움은 당신이 누군가를 사귀는 것 자체에 영향을 줄 수 있기 때문에 당신을 무력하게 만드는 특성이 있다. 일단 두려움을 느끼게 되면 당신은 방어적인 태도로 데이트에 임하게 된다. 즉, 겁을 먹는 것 자체에 겁을 먹기 때문에 데이트에서 두려움을 느끼면 즉시 그 불안함을 없애려고 하는 것이다.

예를 들어, 당신에게 좋아하는 남자가 생겼는데 그가 당신에게 적극적이지 않다면 당신은 상처받기 전에 그를 단념해버린다. 어쩌면 당신은 진짜 멋진 남자를 만나는 것을 무의식적으로 두려워하고 있는지도 모른다. 그래서 정말 만나고 싶은 남자보다 수준이 낮은 남자를 만난다. 혹은 이 사람보다 더 멋진 남자를 다시 만날 수 없을 거라는 생각에 이 남자와 데이트를 할 수도 있다. 그러면서 다른 가능성들을 차단해 버린다.

두려움은 사랑이 넘치는 관계로 발전시키는 데 방해가 되는 행동만 하게 만들고, 결국에는 아예 데이트로부터 멀어지게 한다. 남자에게 차인 후에는 더욱 그렇다! 또 당신이 어떤 남자와 진지한 관계를 만들려고 할 때도 부정적인 영향을 미친다. 모든 상황이 너무 완벽한데도 이 관계가 갑자기 끝나버릴지 모른다는 끝없는 두려움에 사로잡히는 것이다.

이런 모든 두려움은 우리가 '두려움을 기반으로 하는 데이트'라고 부르는 MFDA의 특정한 측면 때문에 생긴다. 데이트라는 것이 상당한 정도의 감정적 위험을 내포하고 있는 것은 사실이다. 때문에 '두려움을 기반으로 하는 데이트'는 어떠한 위험도 감수하지 않으려 하고 성공하지 못할지도 모르는 새로운 시도를 꺼려하는 경향이 있다. 그들은 자신을 세상에 내놓으려 하지 않고, 상처받지 않기 위해 숨어버린다.

거절, 거부에 대한 두려움은 여성들이 긴장하도록 만들고, 그들이 버림받지 않도록 최대한 노력하도록 한다. 실제로 버림받는가는 다음 문제다. 그 여성들은 마치 예전에 그런 적이 있기라도 하듯 버려지는 것을 너무나 두려워한다. 그래서 어떤 기회든지 피하려고 한다.

행복하다는 착각

사람들은 보통 이 같은 상태를 사람 사이의 궁합이 너무 좋거나 사랑이나 희열이 최고조에 달했을 때 경험한다. 그런데 왜 이 행복감을 MFDA의 증상으로 분류한 것일까?

도취감은 기분이 들떠 있어서, 즉 평소보다 심하게 흥분했기 때문에 행복하다고 착각하게 만든다. 마치 약에 취한 것처럼 말이다. 아마 어떤 기분인지 잘 알 것이다! 도취감은 당신을 현혹시킬 수 있다. 그래서 이를 MFDA의 증상이라고 본다.

연인 관계로 발전할 가능성이 있는 사람을 만나는 것은 정말 흥분되는 일이다. 하지만 만난 후에는 뭐? 어떻게 번갯불을 낚아채서 열정의 불길로 피워낼 것인가? 아마도 당신은 새로운 누군가를 만나고 순간의 짜릿함을 경험하면서 마치 당신의 기도에 대한 답이 당신 앞에 있다고 느낄 것이다. 이제는 더 이상 긴장하지 않아도 된다고. 하지만 당신은 계속 신중해야 한다.

당신은 아마 오랜 방어를 포기하도록 만들어줄 누군가와 교감하길 원하고 있을 것이다. 어쩌면 지나친 행복에 겨워 이제 겨우 데이트를 시작하는 단계인데도 당신의 인생에서 그가 차지하는 중요성을 과대평가할지도 모른다. 그렇게 하는 것은 당신이 극단적으로 행동하게 하고 당신의 MFDA를 더 키우는 결과를 가져온다.

이러한 증상은 또 당신이 새로운 남자를 만났을 때의 행복감을 극심한 수준으로 끌어올린다. 만일 당신이 느끼는 기분이 실제 당신의 데이트 현실과 차이가 있다면 문제가 있다. 당신은 그에게 미치도록 강렬한 느낌을 갖고 있으며 겨우 커피 한잔 같이 마신 사이일 뿐인데 그는 너무나 완벽해 보인다.

첫눈에 반하는 것이 가능할까? 물론 가능하다. 하지만 순간적이고 급격하게 불타오르는 감정은 결국 공허해지기 마련이다. 도취감은 당신을 흥분시켜 친구에게 그에 대해 끝없이 얘기하도록 하고, 그와의 미래를 꿈꾸게 하며 아이들을 통학시킬 차를 고르도록 만든다.

당신은 일에 집중할 수 없고 친구들이 하는 말이나 그들의 문제에 대해서도 관심을 기울이지 못한다. 때때로 당신은 세상에서 가장 행복하면서도 이상하게도 갑자기 침울해지기도 한다.

밤이 되면 그와의 다음 만남을 기대하느라 잠을 이루지 못한다. 마치 감정적인 황홀경에 중독된 것처럼 말이다. 하지만 그 관계가 끝나면 당신에게 무엇이 남을까? 이것이 바로 MFDA의 증상이 위험한 이유다.

섹스는 데이트가 아니다

자, 이제 이불 속에서 일어나는 일에 대해서 얘기할 때가 왔다. MFDA 는 당신의 섹스 라이프에도 여러모로 영향을 주기 때문이다. 불안함을 느 낄 때, 때로 그 불안감을 없애는 가장 쉬운 방법은 상대에게 가장 가까워 지는 것이다. 말 그대로 가장 가까워지는 것, 즉 육체적 접촉을 시도한다 는 뜻이다.

섹스는 어떤 이들에게는 긴장을 단숨에 완화시키는 훌륭한 기회가 되기 도 한다. 하지만 여기서 한 가지 충고할 것이 있다. 가볍게 즐기려는 섹스 와 누군가를 진지하게 사귀려는 데이트를 혼동해서는 안 된다.

줄리는 현대 여성답게 느끼고 행동했다. 늘 그렇듯이 그때도 가벼운 섹 스에 거부감이 없었다. 하지만 나중에서야 그런 섹스가 자신이 원하는 궁 극적 교감으로 이어지기 어렵다는 것을 깨달았다. 그래도 그녀의 MFDA 는 새로운 남자를 찾으면 보다 빨리 그와 교감을 쌓아야 한다고 그녀를 몰 아붙였다. 결국 줄리는 그를 다른 여자에게 뺏길 수도 있다는 두려움을 없애기 위해 그와 잔 것이다. 이는 표면적으로 드러나는 MFDA의 증상에 가깝다.

우리는 단순히 섹스를 해선 안 된다고 생각하지는 않는다. 적어도 완전 히는 아니다. 섹스는 서로에게 충실한 관계의 완성이기 때문이다. 하지만 남자의 입장에서는 불안해하는 여자와의 섹스는 그녀와 교제하고 싶은 생 각을 더욱 없애버린다. 이를 좀 더 자세하게 설명해보자. 정말 빠른 기간 에 섹스를 하게 되면 남자는 그녀가 쉬운 여자이며, 다른 남자들과도 많 이 잤을 거라고 생각한다. 남자들은 공을 들여야 승리를 얻을 수 있다고 믿기 때문에 너무 쉽게 얻는 것에는 가치를 두지 않는다.

당연하지만, 많은 남자들은 쉽게 몸을 던지는 여자들과 거리낌 없이 섹스를 한다. 진지하게 사귈 생각은 전혀 없으면서 말이다. 지난 몇 년간 우리가 만났던 많은 여성들에게서 발견한 한 가지 공통점은 그들은 섹스가 남녀 간의 교감을 높여준다고 생각한다는 것이다. 반면 남자들은 여성이 몸을 쉽게 허락할수록 그녀의 가치를 낮게 평가한다.

줄리는 애비에게 이런 말을 한 적이 있다. "난 샘과 데이트 몇 번 한 것으로는 우리가 얼마나 특별한 사이인지 깨닫지 못하고 그가 다른 여자들을 만날까봐 걱정됐어. 그래서 잔 거야."

이런 불안함에 무릎을 꿇는 것은 결국 무분별한 행동으로 이어진다. 불확실하고 혼란스러웠던 데이트 경험에서 오는 마음가짐 때문에 친밀함을 얻으려는 절박한 시도로 섹스를 이용하게 되는 것이다. 그가 다른 여자에게 가는 것을 고작 하루 늦추기 위해서, 혹은 그가 옷을 벗고 당신 옆에 누워있으면 사랑 받고 있다는 느낌이 들고 뭔가 안심이 되기 때문이다.

당신은 그가 당신에게 흥미를 잃을까봐 두려워한다. 이런 불안함은 당신이 그가 바라는 조건을 충족시키지 못할지도 모른다는 불확실한 마음과 긴밀한 연관이 있다. 물론 그 잠재의식 속에는 MFDA가 자리 잡고 있다.

당신에게 데이트란 어떤 의미인가?

MFDA의 증상들을 모두 이해했는가? 자신에게 익숙한 증상들을 보면서 더 상심할지도 모르겠지만 걱정은 그만! 이제 새로운 수업을 시작할 시간이다. MFDA를 어떻게 극복할 것인지, SW방법론이 정말 효과가 있는지, 정말 당신의 인생을 바꿀 수 있을지를 알아보자. 준비됐다면, 출발!

당신은 학교에서 많은 수업을 들었다. 복잡한 수학 공식을 외웠고, 이집트가 어디쯤에 있는지도 배웠을 것이다. 학교에서는 많은 것들을 가르쳐 주었지만 정작 인생에 커다란 영향을 미칠 필수적인 기술은 아무것도 가르쳐 주지 않았다. 완벽한 데이트를 만드는 비법 같은 것 말이다.

핸들을 잡는 법이나 시동을 거는 법 정도는 알고 있지만, 실제로 새로운 로맨스로 향해 나아가는 법도 알고 있는가? 대부분의 여성들은 임시 운전면허증도 없이 마구잡이로 운전해왔다. 눈도 제대로 뜨지 못하면서 하이힐을 페달에 얹고는, 빠른 속도로 앞에 나있는 길만 따라가면 목적지, 즉 사랑이 넘치는 연인관계에 도달할 수 있다고 믿은 것이다. 하지만 영원한 사랑을 찾기 위해서는 단지 장애물을 피해서 안전하게 운전하는 것보다 더 많은 기술이 필요하다.

특정 과목에 대해서 어떤 정규교육도 받은 적이 없는데 그 분야에서 전문가가 될 수 있을까? 여기서 특정과목이란 데이트를 말한다. 데이트하는 방법도 모르는데 어떻게 자신이 원하는 관계를 만들어 나갈 수 있겠느냐는 말이다.

당신이 데이트에 관해서 알고 있는 대부분은 아마 스스로에게서 배웠을 것이다. 뜻하지 않은 행운에서부터 시행착오, 친구와 주고받은 정보들을 통해 모두 스스로 알게 된 것들이다.

문제는 데이트에 관한 교육을 받지 못해서 데이트하는 방법을 모른다는 것은 아니다. 하지만 데이트 방법을 모르는 것이 MFDA의 주요 원인이 된다. 당신이 몇 살이든 얼마나 경험이 많든 상관없다. 왜냐하면 당신은 데이트 진행 과정에 대해 제대로 알지도 못한 채 계속 데이트를 할 것이고, 그래서 남자를 만나기만 하면 여전히 혼란스럽고 실망스러울 것이기 때문이다. 물론 똑똑하다고 해서 효과적으로 데이트하는 법이나 이상적인 연인관계를 만드는 방법을 자동으로 알 수 있는 것도 아니다.

줄리는 완벽한 남자를 만나면 모든 것이 순식간에 딱딱 맞아 떨어질 것이라는 오랜 믿음을 갖고 있었다. 진정한 사랑은 둘이 너무나 잘 맞아서 데이트 단계 따위는 생략해도 된다고 믿은 것이다. 그녀는 매번 완벽한 남자라고 생각한 사람을 만나면(좀 괜찮은 정도의 사람도 마찬가지였다) 모든 것이 너무나 쉽고 딱 들어맞으면서 헷갈리거나 어색한 데이트는 없기를 기대했다. 하지만 불행히도 그런 사람을 만나지 못하고 늘 상처받았고, 아직도 자신의 짝을 만나지 못하고 있다는 사실에 절망했다. 줄리는 자신의 반쪽이 나타나기를 초조하게 기다리고 있다. 이 중 하나라도 걸리겠지 하는 마음에 닥치는 대로 데이트하면서 말이다.

나만의 정의를 세우자

데이트는 무엇인가? 배우자감으로 적당한 남자를 찾기 전에, 그냥 괜찮은 남자와 시간을 보내는 것? 아니면 다른 모든 사람을 뒤로 제쳐놓을 만큼 좋은 남자를 찾는 과정? 어쩌면 백마 탄 왕자님이 짠하고 나타나기를 기다리는 것이라고 생각할지도 모른다.

데이트가 섹스와 관계있을까? 그렇다면 데이트하는 사람이 생기면 그와 섹스를 할 것이다. 혹시 주기적으로 섹스 파트너를 찾는 것은 아닌가? 누군가와 데이트하는 사이라면 그는 당신의 남자친구인가, 아니면 각자 또 다른 사람을 만나고 있는가?

데이트 과정을 보다 제대로 이해하기 위해 자신이 데이트를 어떻게 정의 내리고 있는지를 살펴볼 필요가 있다. 그리고 자신의 정의가 의심을 멈추는 방법, 즉 SW방법론(Stop Wondering method)이 말하는 데이트의 정의와 어떻게 다른지 알아야 한다.

데이트가 점점 어려운 이유

예전에는 데이트 절차가 매우 형식적이었고 목적적이었으며, 전통적으로 정해진 역할이 있었다. 당시 여성들의 궁극적인 목표는 좋은 남편감을 고르고 결혼해서 행복한 가정을 꾸리는 것이었다.

남자들은 여성과 데이트를 하기 위해서 그녀의 아버지의 허락을 받아야 했으며 허용된 시간까지 집에 데려다 주어야 했다. 이처럼 격식을 차린 데이트를 지속하면서 로맨틱한 관계로 발전할 가능성을 확인하고, 이 관계가 결혼으로 이어질 수 있는지를 알아보기 위해 교제를 했다. 육체적인 친밀함은 점진적이고 천천히 생겨났다.

하지만 오늘날에는 정해진 데이트 방식이 따로 없다. 엄격한 구식 데이트 방식을 옹호하는 것은 아니지만, 현대 여성에게 필요한 데이트 방식을 재정립하기 위해서 전통적인 구애 절차의 몇 가지 특징들을 빌려오기로 하자.

많은 여성들이 격식을 다시 갈망하고 있는 것도 사실이다. 가벼운 데이트는 처음엔 재미있을지 몰라도 결국 공허한 아픔과 실망, 고독만을 남길 뿐이라는 것을 알고 있기 때문이다. 만일 현대적인 데이트를 하면서도 충분히 행복하다면 아마 이 책을 읽고 있지 않을 것이다. 우리는 여성들이 그저 함께 시간을 보내고 하룻밤을 지내는 발전 가능성이 없는 관계가 아닌, 무언가 더 의미 있는 연인 관계를 꿈꾼다는 것을 귀가 아프도록 들어왔다. 놀랍게도 격식을 차린 데이트, 혹은 진짜 '데이트'를 한 번도 해본 적이 없다는 여성들도 있었다. 그저 가끔씩 남자를 만나 시간을 보내기만 한다는 것이다. 줄리가 샘이 자신의 반쪽이라고 믿은 이유도 이탈리안 레스토랑에서 식사를 했던 그들의 첫 데이트가 그녀에게는 5년만의 정식 데이트였기 때문이다. 그래서 줄리는 샘이 특별하다고 생각했다.

누군가 당신에게 정식으로 데이트 신청을 한 것이 언제인가? 두 번째, 세 번째 정식 데이트를 한 적이 있기는 한가?

줄리가 대학원에 다닐 때, 그녀는 약 3개월 정도 배우 지망생 러셀을 만난 적이 있었다. 하지만 둘은 한 번도 정식 데이트를 해 본 적이 없었다. 그녀는 "우리는 친구 생일 파티에서 만났어요. 밤새 와인을 마시고 서로 농담을 하고 놀았죠. 그리고 다음날부터 거의 같이 살다시피 했어요."

"그는 배우 지망생이어서 시간이 정말 많았고 저 역시 학생이어서 집에 있는 시간이 많았어요. 전 정말 그를 좋아했어요. 그와 있으면 너무 재미있고 편안했거든요. 만난 지 일주일쯤 되자 그가 연락 없이 집으로 찾아와도 전혀 불편하지 않았죠."

편했다고? 정녕 당신이 인생에서 찾고자 하는 것이 그런 편안함인가? 줄리는 러셀과 노는 것이 싫지는 않았지만, 늘 그들이 천생연분인지에 대한 의문을 갖고 있었다고 한다. 더구나 줄리는 자신들이 정말 사귀는 사이인지도 확신할 수 없었다! 러셀은 그녀에게 키스를 퍼붓고 나서 곧바로 길거리의 다른 섹시한 여성들을 쳐다보기도 했다. 그는 그들이 서로 이해하는 사이라고 생각했던 것이 분명하다. 물론 줄리는 그를 이해하지 못했지만.

줄리는 이때 우리가 데이트의 종말이라고 부르는 현상을 겪었다. 이른바 즉흥적 연애 문화가 유행하기 시작한 것이다.

정식 데이트는 중요하다

우리가 여성들에게 데이트에 대한 정의를 내려달라고 했을 때 열에 아홉은 "함께 즐기고 밤을 보내면서 서로 더 발전할 가능성이 있는지를 알아보는 것"이라고 대답했다. 이는 순간의 감정을 쫓는 데이트 철학에 따른 가벼운 접근이다. '즉석 만남'은 순간적이고 재미를 추구하는 관계라서 진지한 연인관계로는 이어지기는 힘들다. 성공적인 데이트를 위해서는 진지하고 격식을 갖춘 절차가 필요하다.

샘을 만나기 전 줄리는 은행원인 테드를 만난 적이 있다. 그들은 만나자마자 3주간 서로의 집을 오가며, 시간을 보냈다. 줄리는 근사한 데이트를 바라거나 비싼 식당을 가자고 하면서 남자에게 부담을 주는 여자가 되고 싶지 않았기 때문에, 그런 관계에서 오히려 편안함을 느꼈다. 그들은 서로 공통점이 많았고, 그렇게 피자를 시켜먹고 영화를 보면서 잠자리를 가지는 가벼운 관계도 괜찮은 것처럼 보였다.

"우리는 조건도 비슷했고 미래에 대해서도 같은 생각을 갖고 있었어요. 너무 많은 부분에서 의견이 일치했죠. 우린 이상적인 커플이었어요."

그들은 소개팅으로 만나 그날만 정식으로 데이트를 하고, 한 주 만에 모든 단계를 건너뛰고 집에 처박혀 버렸다. 집에서 노닥거리며 말 그대로 'TV 앞에만' 앉아 있었다.

줄리는 "그는 우리 집으로 와서 영화를 보거나 TV를 봤죠. 우린 그냥 소파에 앉아서 와인을 마시고 음식을 배달시켜 먹곤 했어요. 테드가 승진해서 출장 때문에 바빠지기 전까지는 너무 행복했죠."

줄리는 테드가 자주 출장을 가는 것이 좋지는 않았지만, 그렇다고 불평을 할 정도로 그를 잘 알지도 못했다. 사실 그들은 그가 승진이 되면 매달 출장을 가야 하기 때문에 제대로 된 연인 관계를 지속할 수가 없다는 사실에 대해 이야기를 나눈 적조차 없었다. 결국 테드는 줄리와 함께 즐기는 것은 좋지만 미래에 대한 생각은 없다고 털어놓았다. 그러면서 지금은 일에만 신경 쓸 때이기 때문에 진지한 관계를 만들 생각이 없다는 말은 빼먹었다. 피자를 먹고 서로의 옷을 벗기면서, 그는 일 외에 모든 것은 자신의 관심 밖이라고 말하는 것도 깜빡했다.

물론 줄리도 일보다 우선하지는 않았다. 줄리는 마침내 친구들에게 테드를 밤늦게 그의 집에서밖에 볼 수 없다고 불평했다. "전 그를 볼 수 있다는 사실만으로도 좋았어요. 하지만 저보다 일에 더 신경 쓴다는 것이 서운하긴 했죠."

우리는 줄리에게 뭔가 잘못되고 있다고 느낀 때가 언제였는지 물어보았다. 그녀는 "서로 밤을 보내는 것은 너무 좋았지만, 사실 그런 느낌은 항상 있었어요. 왜냐하면 우리가 서로에 대해 같은 생각을 하고 있는지 알 수가 없었거든요. 전 2주 동안 그와 말도 못했어요. 그냥, 왜 저보다 일이 더 중요한 건지 이해가 되지 않을 뿐이었죠. 어쩌면 제가 우리 관계를 망쳤을 수도 있겠죠. 아니, 사실 잘 모르겠어요."

이건 줄리의 잘못도 아니고 테드가 '나쁜 놈'이어서도 아니다. 줄리는 그저 뭘 어떻게 해야 할지 몰랐을 뿐이다. 남자와 즐기기만 하고, 즉흥적으로 만난 경우에는 자신이 뭘 하는지 잘 모를 수밖에 없다. 가장 큰 문제는 실제로는 아무것도 안 한다는 것이다. 그저 집에서 뒹굴 거리는 것으로는 둘 사이의 의사소통 체계를 만들 수가 없기 때문에 자신의 느낌조차 제대로 표현하지 못하면서 감정적인 관계를 만들고 있는 것이다.

이런 데이트에서 가장 큰 환상은 당신이 그와 많은 시간을 가볍게만 보내고, 오래된 부부처럼 서로를 너무나 편하게 느끼는 것이다. 아직 데이트를 시작한 지 얼마 되지도 않은 사이인데도 말이다. 이러면서 서로 많은 것을 알아갈 수 있다고? 과연 그럴까? 절대 아니다.

서로를 깊이 알아가기 위해서는 실제로 많은 시간이 필요하며, 진짜 일상생활에서 서로 영향을 주고받아야만 가능하다. 밤이면 밤마다 당신 옆에 죽치고 앉아있는 남자, 당신과 진짜 데이트를 하지 않는 그 남자는 당신에게 자신이 정말 어떤 사람인지 알려줄 생각이 없는 것이다. 당신은 집안이 아닌 세상에서 그를 만나고, 그가 직장에서 어떤 사람인지, 그가 가족은 물론 길가다가 마주친 낯선 사람들에게 어떻게 행동하는지를 알아봐야 한다. 그래야만 그가 정말 어떤 사람인지 알 수 있다.

충동적인 하룻밤이 남자와 여자를 감정적으로 가깝게 만든다는 것은 새빨간 거짓말이다. 물론 육체적으로야 깊은 관계가 될 것이다. 하지만 여전히 그에 대해 많이 알지 못하고 그가 진정으로 원하는 것이 무엇인지, 그가 다른 사람을 만나고 있는지 혹은 그가 정말 진지하게 누군가를 만날 생각이 있는지도 알지 못한다. 가벼운 데이트의 늪에 빠진다면 당신은 MFDA의 열병과 고통에 시달리게 될 것이다.

데이트가 지긋지긋하다고?

당신은 지난 몇 년간 친구들과 파티를 즐기며 재미있는 시간을 보내고, 그러면서 남자들도 만났을 것이다. 또 어쩌면 그들과 데이트하는 데 지쳤을지도 모른다. 우리는 이제 당신이 칵테일 바나 클럽을 더 이상 좋아하지 않는다는 것도 알고 있으며, 설령 좋아한다고 해도 정말 괜찮아 보이는 남자를 만나는 것이 힘들다는 것도 알고 있다. 어쩌면 당신은 이제 진지하게 사귈 만한 누군가를 만나기 힘들다고 생각할지 모른다.

- 데이트가 지긋지긋하긴 하지만 조만간 누군가에게 정착하고

  진짜 인생을 살아야 한다는 압박감을 느끼는가?
- 데이트하기는 싫지만 데이트를 하지 않으면 그를 만날 기회조차 없을까

  걱정되는가?
- 끔찍한 첫 번째 데이트를 견뎌낸 친구들이 결혼하고 아이를 가지면

  기분이 씁쓸해지는가?
- 늘 파티에 혼자 참석한다고 대답하는 것이 지긋지긋한가?

어떻게 싱글에서 탈출해서 안정된 관계를 만들 수 있을까? 이를 위해서 당신에게 필요한 것은 데이트가 아니다. 당신에게 필요한 것은 제대로 된 데이트 접근법이다.

수많은 기회를 놓친 이유는 무엇일까?

첫 데이트에서 진지한 관계로 발전하기까지는 여러 단계를 거쳐야 한다. 이를 위해 우리가 확립한 원리는 이것이다. 그와 가볍게 데이트 하지 말자는 것이다. 그가 정식으로 데이트를 신청하게 만들자. 줄리를 보라. 줄리는 샘이 겁먹고 도망갈까 봐 그에게 많은 것을 요구해서는 안 된다고 생각했다. 이것이 그녀의 데이트 법이었다. 당신도 이러한가? 지금 당신에게 필요한 것은 어떤 접근법으로 데이트를 해야 하는지 아는 것이다.

모든 사람들이 자신만의 데이트 접근법을 가지고 있다. 모두 스스로 만든 것이다. 아주 오래된 데이트에서부터 바로 어제의 따끈따끈한 데이트까지, 당신은 지금까지 경험한 모든 데이트를 통해 자신만의 데이트 접근법을 지속적으로 업데이트해왔다.

물론 그 데이트 노하우는 새로운 시각이나 경험으로 조금은 변했을 수도 있다. 하지만 당신의 첫 번째 레슨 혹은 데이트의 첫인상의 핵심 내용은 그대로 차지하고 있다.

줄리는 그녀의 언니에게서 배운 것들을 우리에게 말해 주었다. "사랑은 찾기 힘든 거야. 그러니까 네가 이 사람이다 싶은 남자를 만나면 그를 꽉 잡아야 해. 안 그러면 다른 여자들이 낚아채 간다니까."

줄리는 언니가 가르쳐준 정보를 그대로 믿었다. 언니 역시 MFDA를 갖고 있을지도 모르는데 말이다. 줄리가 어린 시절 신봉했던 그 정보는 당연하겠지만 그리 오랜 기간 동안 도움이 되지는 못했다.

우리가 만난 대부분의 여성들은 흔히 '게임의 법칙'이라고 불리는 데이트 접근법을 쓰고 있었다. 하지만 데이트는 절대 게임이 아니다. 게다가 정작 자신은 게임을 좋아하지도 않으면서, 게임을 하듯 데이트하는 것을 매우 당연하게 생각한다.

그렇다면 여성들의 보편적인 데이트 접근법은 무엇일까? 이어지는 내용들이 당신에게 익숙한지 생각해보자. 그것들이 당신에게는 도움이 되었는지 아니면 진실한 사랑을 찾을 기회를 망쳐버렸는지 좀 더 자세히 살펴보도록 하자.

◑ 게임의 법칙

이 데이트 접근법은 '룰'이나 '관심 없는 척하기', 혹은 바람둥이처럼 보이는 사람 가려내기 등에 대한 모든 것과 관계있다. 왜 게임이 데이트의 그토록 중요한 부분이 되었을까? 이는 분명 사람들이 로맨스를 '남자를 차지하기', 한 남자를 두고 '다른 여성과 경쟁하기', 혹은 이상형을 찾기 위한 도전 등과 동일시하기 때문이다. 많은 여성들은 데이트를 인생의 도전 과제이며, 여기에는 전략이 필요하고 이기고 지는 것이 존재하는 실전이라고 생각한다.

대다수의 여성이 혼자 떨어져 있거나, 흥미 없는 듯 냉정하고 무심해 보이는 게임을 하는 것이 남자들에게 더 어필할 거라고 생각한다. 물론 게임의 목적은 남자를 획득하는 것이다. 데이트에서 이기기 위해서 내는 카드에 따라서 달라지는 적, 즉 당신이 관심 있어 하는 남자의 다음 행동에 영향을 주려는 것이다. 예를 들면, 게임을 하는 여성은 관심 없는 척하면서 접근을 어렵게 하는 것이 남자에게 보다 매력적으로 보일 거라 생각한다. 그래서 그가 어떤 행동을 취하기를 바라는 것이다. 하지만 이는 그저 희망사항일 뿐이다.

그의 전화에 며칠 후에 응답을 한다거나 관심 없는 척(사실은 관심이 있으면서) 하는 것이 효과가 있다고 생각할지도 모른다. 또 이것은 스스로를 MFDA로부터 보호하는 좋은 전략으로 보인다. 감정적으로 섣불리 행동하지 않고 적정거리를 유지할 수 있기 때문이다.

이 방법을 쓰면 당신이 상황을 통제하고 있다고 느끼게 해주기 때문에 마음이 편해진다. 사실은 당신의 MFDA 때문에 생기는 충동적인 반응인데 말이다.

누군가와 게임을 하는 것은 당신의 진실한 생각과 느낌을 부정하면서 상처받기 쉬운 감정을 피할 수 있고, 그래서 일시적으로는 긴장을 완화시켜 준다. 그리고 그가 당신의 마음을 사로잡을 수 있는지 판단한다. 그런데, 이게 정말 효과가 있을까?

이 방법을 쓰는 여성은 종종 누군가를 알아가는 것보다는 그에게 승리를 거두는 것에 집중한다. 이 말은 정작 그 남자를 획득했을 때 그가 자신이 생각하던 사람이 아닐 수도 있다는 뜻이다. 좀 더 부연설명을 하자면, 남자들은 보통 새로운 관계에 자신의 감정을 천천히 몰입한다. 그러므로 여기에 게임의 법칙이 연관되면, 많은 남자들이 그 접근법의 거짓된 측면 때문에 쉽게 돌아선다. 누구도 속거나 게임의 대상이 되는 것을 좋아하지 않기 때문이다.

◐ 난 그를 한눈에 알아볼 수 있어

이 접근법은 꿈에 그리던 남자를 만났을 때, 그 남자가 '그'라는 것을 한눈에 알아볼 수 있기 때문에 데이트는 필요하지 않을 것이라는, 데이트를 하지 않고 그의 모든 것을 믿어버리는 방법이다.

즉, 사람들로 가득 찬 방에서 그와 눈을 마주치기만 한다면 서로가 진정한 사랑이라는 것을 알게 된다는 것이다. 어디서 많이 본 얘기 아닌가? 로맨틱 영화나 드라마에서 볼 수 있듯이 첫눈에 사랑에 빠진다는 러브스토리는 수없이 많다.

　처음 만난 순간의 긴장감에서 그들의 사랑이 시작되었다고 주장하는 커플들도 있다. 물론 세상에 불가능한 것은 없다. 우리도 그것이 사랑을 꽃피우는 방법 중 하나라는 것을 알고 있다. 하지만 당신의 천생연분이 하늘에서 갑자기 떨어지기를 인내심 있게 기다리는 것은 별로 좋은 데이트 접근법이 아니다. 아무리 한눈에 알아볼 수 있다고 확신한다 해도, 그를 더 깊게 알아보기 위해서 데이트가 필요 없다는 것은 아니다. 연인 관계는 결코 한순간에 만들어지지 않는다!

　사실 '난 알아볼 수 있어' 접근법은 보통 로맨스를 준비하는 것보다 더 많은 반감을 나타낸다. 이 접근법에 충실한 많은 여성들이 데이트를 거부하기 위해서 이 방법을 사용한다. 바로 MFDA를 피하기 위해서다. 첫눈에 사랑에 빠진다는 그들의 믿음은 데이트에서 오는 불확실함이나 위험을 제거해주기 때문이다.

　사람들은 데이트의 불확실성을 받아들이지 못할 때 이상화된 판타지, 즉 완벽한 순간에 완벽한 남자를 만나고 결국 완벽한 관계가 만들어질 것이라는 생각에 몰두한다. 첫눈에 상대가 사랑이라는 것을 알아볼 수 있다는 것은 데이트의 혼란스러움과 실망을 막기 위해 만들어진 비현실적인 시나리오다. 이는 데이트 판타지일 뿐이다.

　당신은 그의 진짜 모습을 사랑하는 것이 아니라 당신이 바라는 이상형, 즉 가상의 남자와 사랑에 빠진다. 그래서 계속해서 이 방법을 사용하는 것은 대단히 위험하다. 당신은 어쩌면 당신이 만든 판타지의 주인공이 되거나 혹은 더 심한 경우 만난 지 얼마 되지 않은, 제대로 알지도 못하는 사람에게 이 환상을 투영하게 된다.

결국 그것이 첫눈에 빠지는 사랑이 아니라 그저 당신의 바람일 뿐이었다는 것을 알게 되면 실망만 남는다.

◑ 환상 속의 왕자님

인생을 즐기면서 살아가다보면 언젠가, 뜻하지도 않은 순간에 남자가 갑자기 나타날 것이라고 믿는가? 마치 둘이 함께할 운명이었던 것처럼? 마치 그가 지구상에 존재하는 이유가 당신을 사랑하기 위한 것처럼 말이다. 괜찮은 판타지다. 하지만 이것도 어디까지나 판타지일 뿐이다.

혹시 자신의 일에 집중하고 있으면 어느 순간 완벽한 남자가 갑자기 당신의 문 앞에 나타나고 모든 것이 완벽해질 것이라고 믿기 때문에, 사랑을 찾으려고 노력하거나 혹은 데이트에조차 신경을 쓰고 있지 않는가?

사실 이것은 구출 판타지의 전형적인 예이다. 이 방법을 사용하는 여성들은 남자와 함께 있을 때 불편함을 느끼거나, 혹은 자신을 완전하다고 느끼게 해줄 누군가를 절박하게 찾는 경우가 많다.

어떤 남자들은 여자 친구의 인생을 고쳐주고 싶어 하거나 그녀를 곤경에서 빠져 나오게 하고 싶어 안달하기 때문에, 구원이 필요한 여성들에게 매력을 느낀다.

그들은 구원자 역할에 만족하고 싶어 한다. 그것이 그들에게 목적을 부여하기 때문이다. 물론 그들 중 일부는 여성을 구원하고 싶어 하는 욕구가 스스로의 불안이나 친밀함을 거부하는 잠재의식과 연관되어 있다는 것을 깨닫기도 한다.

왕자님 판타지는 잠깐은 효과가 있을 수도 있다. 모든 접근법이 그러하듯이 말이다. 이 접근법 역시 당신이 따라야 할 과정을 알려주기 때문에 잠시나마 MFDA를 줄여준다. 하지만 당신의 백마 탄 왕자님이 나타나서 당신을 하늘에 있는 성으로 데려간다고 해도 당신은 그를 알아가야 하며, 그가 어떤 사람인지 알았을 때 그를 좋아하지 않을 수도 있다.

◑ 세 번째 데이트 법칙

만일 당신이 섹스에만 관심이 있다면 '세 번째 데이트 법칙' 즉, 섹스는 세 번째 데이트 후에 한다는 법칙은 아주 좋은 룰이 될 수도 있다. 하지만 진실한 무언가를 찾는 사람에게는 좋은 데이트 접근법이 아니다. 많은 사람들이 실제 섹스를 하기까지 얼마나 많은 시간이 필요한지를 판단하기 위해서 이 법칙을 사용한다.

이 믿음은 데이트를 세 번만 하고 나면 그에 대한 충분한 정보를 모을 수 있고 그를 시험해 볼 수 있다는 것을 전제로 한다. 이것은 당신의 짝이 될지도 모르는 사람에게서 진정한 느낌을 받기도 전에 테스트 주행을 하는 것과 같다.

이런 접근법은 세 번째 데이트 만에 육체적인 관계를 가질 정도로 둘이 잘 맞는지를 알 수 있다고 가정하는 것이다. 그리고 섹스 후에 잘 맞는다고 판단되면 진지한 관계로 발전할 가치가 있다고 생각한다. 즉, MFDA에서 벗어나기 위해 그를 알아보는 불확실한 기다림을 줄이고 다음 단계로 넘어가는 것이다.

육체적으로 잘 맞을수록 더 좋은 관계가 될 수 있다고 주장하기 때문에 연인 관계에서 육체적인 부분을 매우 강조한다. 그를 감동시키는 여러 가지 기교를 알려주는 수많은 잡지들은 '세 번째 데이트 법칙'의 인기를 말해준다.

하지만 이상적인 관계를 만들기 위해서는 육체적인 관계 이상의 무엇이 필요하다. 이렇게 빨리 진행되는 관계에서는 신체적 표현이 주는 특별한 순간의 미묘함과 즐거움을 놓칠 수 있다.

십대 시절을 기억하는가? 좋아하던 남자 아이가 당신의 손을 처음 잡았던 그 순간을? 그가 당신을 안고 볼에 키스를 하는 단순한 기대만으로 짜릿함을 느끼던 때가 기억나는가? 이러한 로맨스는 오히려 서로의 호감을 나타내는 아주 작은 것들에도 주목했기 때문에 가능했던 것이다.

세 번째 데이트 법칙은 이런 특별한 순간들을 없애버리는 것은 물론, MFDA가 치료됐다고 착각하게 만든다. 당신이 육체적으로 잘 맞는 것을 성공적인 관계의 척도로 본다면 성적인 가까움에서 오는 거짓된 친밀함만 가지게 될 것이다.

하지만 어쩌면 당신은 믿음이나 약점, 교감 같은 로맨틱한 관계의 다른 측면들은 보지 못하고 지나갈지도 모른다. 이 접근법을 쓰는 많은 여성들은 세 번째 데이트를 행복한 마음으로 기다리지만, 네 번째 데이트에서도 여전히 궁금증이 사라지지 않는다.

정말 제대로 된 남자인지, 이 남자와 사귀는 것이 맞는지, 혹은 다른 여자를 만나고 있는 것은 아닌지 등에 대해서 말이다. 그러면서 MFDA는 점점 커져만 가는 것이다.

많은 여성이 이 특수한 접근법에 의존하는 이유는 이 방법이 스트레스가 없고 로맨틱한 관계로 향하는 동안 가까워질 필요가 전혀 없는, 목표가 없는 데이트 스타일이라고 생각하기 때문이다.

이 믿음은 그에게 시간을 투자할 가치가 있는지를 알아보기 위해 가볍게 로맨스의 가능성을 알아보면서 기다리기만 하면 된다는 것을 전제로 하고 있다. 그와 진지한 관계를 맺어도 되겠다는 확실한 근거가 있기까지 모든 것을 확정짓지 말자는 것이 '두고 보기' 접근법의 핵심이다.

확실하지 않은, 마음을 놓을 수 없는 데이트에서 많은 여성들은 거절당할지도 모른다는 두려움과 상처받을 수도 있다는 불안함을 느낀다. 물론 이런 기분을 즐기는 사람은 아무도 없다. 때문에 '두고 보기' 방법은 안전한 거리를 유지하게 하는 방법이다. 그들은 멀리서 가능성을 알아보는 것이 감정적 피해를 피하는 길이라고 생각한다. 이렇게 하면 자신의 진정한 감정을 드러내지 않고 데이트할 수 있기 때문이다.

이를 위해서는 안전한 데이트인지를 보장하는 구제적인 증거들을 기다려야 한다. 이 접근법의 강점은 지난 상처들을 다시 들추어내는 것을 방지할 수 있다는 것이다. 즉, 상처를 줄지도 모르는 원인들로부터 감정적인 거리를 유지하게 해주는 것이다.

하지만 남자와 가볍게 데이트하고 같이 놀고 하룻밤을 보내면서 그저 상황이 어떻게 돌아가는지, 관계가 어디로 발전하는지를 지켜봤는데 그가 관계를 발전시킬 정도로 괜찮다면 당신은 불확실한 데이트 상황에 놓인 자신을 발견할지도 모른다. 이제 진짜로 관계를 발전시키고 싶은데 어떻게 해야 할지를 모르는 것이다. 결국 이 접근법을 사용하면 데이트가 무엇일까에 대한 의문이 남을 수밖에 없다. 그리고 영원히 데이트가 무엇인지 알지 못한 채 궁금해 하며 기다리기만 하는 것이다.

반복되는 실패를 멈출 SW방법론

여성들은 감정적으로, 육체적으로 깊은 관계가 되기 전에 그 관계가 그럴 만한 가치가 있는지를 평가할 수 있는 믿을 만한 방법을 필요로 한다. 손을 데지 않고 끓는 물의 온도를 재기 위해서는 온도계가 필요하듯이 말이다.

사랑의 불꽃이나 서로의 감정은 동시에 생길 수 있고 끌리는 사람에게 충동적으로 행동하고 싶은 마음을 억제하는 것이 힘들다는 것은 알지만, 누군가와 친밀한 관계를 만들려고 할 때는 여러 가지 요소를 고려해야 한다. 다시 말하자면, 그의 본성을 파악할 수 있을 만큼 오랜 기간 데이트를 해봐야 한다는 것이다. 그 방법은 태어나면서부터 알 수 있는 것이 아니기 때문에 배워야만 한다.

그래서 SW방법론이 필요하다. 성공한 사업가들에게는 몇 가지 비법이 있다. 그 비법은 데이트와 연인 관계에도 적용할 수 있다. 근본적인 구조, 즉 기초와 기본은 각 전략들을 하나로 모아서 완전한 방법론을 형성한다. 사업에서 조직적이고 구조적인 목적과 이익을 위해 시스템을 만드는 것처럼, 당신은 연인 관계의 내적 구조를 탄탄하게 하기 위해서 체계적인 데이트 접근법을 알 필요가 있다.

SW방법론은 구체적인 데이트 단계와 각 단계의 속도를 조절하는 방법

을 알려주고, 살아 꿈틀거리는 감정의 이끌림을 더 의미 있는 것으로 바
꾸기 위해 필요한 체계적 방법을 알려줄 것이다.

PART II
내게도 사랑은 온다

Stop Wondering!
새로운 사랑을 준비하자

'그가 언제 전화할까? 내가 좋아하는 만큼 그도 나를 좋아할까? 그는 정말 내가 원하는 사람인가? 그가 다른 사람을 만나는 것은 아닐까? 이 관계가 영원히 지속될까?' 데이트를 하는 동안 당신을 괴롭히는 질문들이다.

SW방법론은 데이트를 데이트답게 만들어 당신을 괴롭히던 MFDA 없이, 언제나 꿈꿔왔던 로맨틱한 관계를 만들어나가는 과정을 즐기게 해줄 것이다. 가벼운 데이트 환경의 유혹을 피하고 현명하게 남자를 선택하는 체계적인 방법을 알려줄 것이다.

진정한 연인관계는 순식간에 만들어지지 않는다. 견고해지고 발전하는 데 오랜 시간이 걸린다. 다른 모든 발전 과정과 같이 연인관계 역시 독특한 특성을 가진 각각의 단계를 거쳐서 발전된다. 우리는 그저 데이트의 의미를 다시 일깨워주고 단계 이론을 설명하려고 하는 것이 아니다. 보다 시각화되고 상징적인 체계가 있는 데이트 진행방식을 내면화시키는 방법을 알려주고자 한다.

우리는 사랑을 꽃에, 그리고 그 사랑을 완성시키는 데이트 과정을 정원을 가꾸는 일에 비유하여 설명하려고 한다. 당신의 마음속에는 연인관계가 무르익어갈 장소인 '내면의 정원'이 존재한다. 지금부터 그 '정원'에서 새로운 씨앗을 뿌리고 가꾸고 또 사랑을 방해하는 잡초를 뽑을 것이다. 우선 사랑의 정원을 가꾸어가는 데에 필요한 일곱 가지 요소를 알아보자.

먼저 전화하는 여자는 매력없다

SW방법론의 첫 번째 요소가 바로 인내심이다. 인내심은 내면의 차분함과 평화로움, 참을성을 위해서는 물론, 남자에게 사로잡히는 것을 억누르는 능력을 기르기 위해서도 필요하다.

남자들은 자신에게 헌신적으로 전면 공세를 펼치는 여자나 미래에 대한 계획을 세우는 여자를 싫어한다. 하지만 인내심 있고 남자의 관심이나 사랑을 필요로 하지 않는 것처럼 보이는 여성에게는 호기심을 가진다. 조급함은 최대의 적이다. 조급함에는 절박함이 뒤따르기 때문이다.

이것이 남자들이 늘 자기에게 전화하는 여성에게 별로 노력을 기울이지 않는 이유이기도 하다. 우리는 이것이 MFDA의 결과라는 것을 익히 알고 있다. 반면에 차분하고 자신감 넘치는 여성에게는 호기심을 갖고 그녀를 더 알고 싶어 한다. 인내심은 SW방법론의 매우 중요한 요소이다. 연인관계를 만들어가는 속도를 조절하는 것이야말로 여성이 관계의 우위를 점하는 열쇠가 된다.

사랑의 정원에서 인내심을 기르는 '성장 요소'는 바로 시간이다. 씨앗을 정성 들여 심었다면 싹이 트기를 기다려야 한다. 만일 자연의 섭리를 거스르려는 시도를 하거나 빨리 자라게 하려고 계속 비료를 준다면 뿌리가 다 썩어버리거나 오래 살아남기 힘들기 때문에, 이를 유지시키기 위한 부자연스러운 에너지가 너무 많이 들어간다. 자연이 필요로 하는 시간을 들여 서서히 성숙할 때 가장 아름다운 향기가 나는 꽃을 만날 수 있듯 사랑 역시 그러하다.

오픈 마인드를 갖자

탄력적이란 단어는 별 특색도 없고 느낌도 없다. 하지만 탄력성은 꼭 발전시켜야 할 중요한 기술이다. 만일 당신이 변화나 도전에 잘 대처한다면 다른 사람들처럼 데이트할 때 부러지는 일은 없을 것이다.

탄력적이라는 것은 기대하지 않았던 일들 때문에 당황하지 않고 잘 적응할 수 있다는 뜻이다. 데이트에서 이 개념은 정말 중요하다. 당신에게 이상형에 대한 뚜렷한 이미지가 있다고 하자. 어떤 남자를 만났는데 그가 당신의 완벽한 이미지에 딱 들어맞지 않다면 어떻게 할까? 음……. 현실이 이상과 다르다면 어쩔 것인가? 어쩌면 그가 갖고 있는 많은 장점들이 곧바로 눈에 보이지 않을 수도 있다. 어쩌면 그는 당신이 기대했던 것보다 더 좋은 사람일 수도 있다. 시간을 들여야만 알 수 있는 그의 놀라운 면들을 알아갈 정도로 당신은 융통성이 있는가?

생각했던 것과는 완전히 다른 일이 생겼는데 결국 기대보다 더 좋았던 적이 있는가? 이 특성은 다른 이들을 받아들이고 적응할 수 있게 한다. 자신의 이상형에는 맞지 않는 사람과 로맨틱한 사이로 발전할 가능성을 알아보려고 할 때, 보다 덜 경직되고 열린 태도로 임할 필요가 있다. 현실은 기대했던 것과 똑같은 모습으로 나타나기는 어렵기 때문이다.

당신이 그려왔던 이미지(키 180cm의 훈남)가 현실에서는 조금 다른 모습으로 나타날 수 있기 때문에 탄력적인 자세는 필수적이다. 현실이 이상과 다르다면 어떻게 할까? MFDA가 주문을 취소하고 그를 반품하라고 하는가? 아니면 그가 당신의 마음을 사로잡을 수 있을 기회를 줄 정도로 융통성이 있는가?

당신은 아마 부모님이나 친구가 오랜 시간에 걸쳐 했던 얘기들을 바탕으로 형상화 한 이상형의 모습을 아직도 고수하고 있을 것이다. 하지만 마음을 연다면 상상하지 못한 가능성들을 만날 수 있다.

자신만의 분위기를 가꿔라

신비로움을 간직한 여성을 묘사하는 방법은 매우 다양하다. '그녀는 카리스마 있고 황홀하다, 그녀는 매력적이며 사람을 흥분시킨다, 그녀는 우아하고 감성이 풍부하며 긍정적인 에너지가 있는 것처럼 보인다' 등등. 마치 이런 특성은 타고나는 것처럼 보이지만 사실은 그렇지 않다. 신비로움이란 단순히 다른 이들을 매혹시키거나 사로잡는 개인적 소질이다.

남자들은 당신이 풍기는 분위기, 혹은 신비로움을 좋아할 수도 있고, 싫어할 수도 있다. 그들 역시 정확한 이유를 콕 집어서 설명할 수는 없다. 단지 신비로운 분위기의 여자를 만나면 그녀에게 사로잡히고 활력과 에너지가 넘친다고 할 뿐이다. 신비로운 분위기를 지닌 여성들은 다른 이들의 기분을 좋게 만든다. 사람들은 그 신비로움에 취해 이렇게 말할 것이다. “그녀는 마치 신선한 공기 같아.”

구체적으로 신비로움을 가지면 뭐가 좋은 걸까? 신비로움을 가진 사람은 데이트에서 차분하고 자신감 있고 진실해 보이며 상황에 집중한다는 느낌을 준다. 또 대부분 뛰어난 의사소통 능력을 가지고 있는 경우가 많다. 이런 여성들은 자연스럽게 많은 구혼자들을 사로잡고, 보다 많은 데이트 옵션을 갖게 된다. 이것이 많은 여성들이 의식적으로 신비로움을 발전시키고 이런 특성들을 반영하려는 이유다.

신비로움의 가장 놀라운 특징은 이것이 외적인 아름다움과 전혀 관계가 없다는 것이다. 이는 예쁜 얼굴과는 거리가 먼 내면적 특성이다. 남자들은 연인을 찾을 때 실제로 외모가 훌륭한 여성보다는 뭔가 특별한 것이 있는 여성에게 끌린다. 그렇다. 남자들은 얼굴이 예쁜 것도 따지고 몸매가 좋은 것도 따지지만, 이것이 그저 겉으로만 보이는 아름다움이라면 쉽게 질리고 말 것이다. 남자들은 지속적인 것을 원한다. 믿든 안 믿든 간에 모든 남자들은 여성의 신비로움에 자극 당한 경험을 기억하고 이런 경험은 그 무엇보다 더 오래 영향을 미친다.

당신의 특별한 무언가는 당신이 관심을 가지는 남자를 대하는 태도를 완전히 바꿀 수 있다. 우리는 다른 사람들이 즉각적으로 반응할 수 있는 분위기를 개발하고 유지할 수 있는 방법을 알려줄 것이다. 당신을 더 매력적으로 만들고 당신이 원하는 그를 사로잡을 압도적인 분위기를 어떻게 만드는지를 말이다.

선을 지키는 것은 중요하다

선을 지키는 것은 당신이 본래의 모습을 지킬 수 있게 해 준다. 이는 당신이 인생에서 지키고 유지하려는 경계이기 때문이다. 이게 무슨 말이냐고? 당신의 선은 당신과 다른 사람 사이에 놓인 감정적이고 육체적인 공간이다. 즉, 자신과 남의 경계를 뜻한다. 그 경계들이 교차할 때 안전한 공간이 침범 당하기 때문에 불편한 것은 당연하다. 하지만 당신의 개인적 한계가 그리 완고할 필요는 없다. 이는 변할 수 있는 것이며 당신이 다른 이와 얼마나 친밀한가에 따라 바뀌어야 하기 때문이다.

데이트에서 명확한 한계를 설정하는 것은 매우 중요하다. 당신이 지키는 선은 당신이 다른 남자와 어떻게 데이트 했는지를 반영하고 지금 현재 당신이 어떤 단계에 있는지를 알려준다. 남자들과 첫 번째 데이트에서 바로 밤을 보냈는지, 그를 나시 만나고 싶어 하는지, 전화번호를 남길 것인지 등을 알려준다는 말이다.

'한계를 지키는 것'을 실패하는 가장 큰 이유는 잠재적인 연인이 떠날까봐 겁을 먹기 때문이다. 또 어떤 이들은 연인과 완전히 동화되어 한계를 없애버리는 사람도 있다. 마치 그들 사이에는 어떤 경계도 없이 한 몸이 된 것처럼 말이다.

서로에게 완전히 동화되어 있다는 것을 알아볼 수 있는 척도는 모든 문장이 우리로 시작한다는 것이다. "우린 야구를 좋아해", "우리는 붉은 색이 좋아" 혹은 "우리는 저 사람 별로 안 좋아해"처럼 말이다. 서로에게 완전히 동화된다는 것은 어떤 면에서는 건강하고 강한 애착을 의미하지만, 완전히 빠지는 것은 절대 좋은 것이 아니고 균형 있는 관계도 아니다. 이는 보통 자의식이 높지 않은 여성들에게 주로 나타나며, 데이트 하는 남자에 따라 그녀의 모든 것이 바뀌는 경우도 많다.

이런 표시들은 모든 것을 함께 해야 하고 모든 면에서 완벽하게 일치해야 한다는 생각도 포함하고 있다. 이상형의 남자를 만나고 그에게 빠지는 것이 당신의 반쪽을 찾은 느낌이라는 것은 이해하지만, 실제로 누군가가 당신을 완성하도록 놔둔다는 것은 매우 위험하다.

너무 빨리 동화되는 사람이 있는가 하면, 너무 가까워지는 것에 불편함을 느끼고 거리를 두고 싶은 사람도 있다. 그들은 자신의 경계를 매우 잘 의식하고 있고 상처받는 것을 매우 두려워하며 상대가 너무 가까이 다가오면 숨이 막히는 것처럼 느낀다.

우리는 관계를 발전시켜 나가는 과정에서 당신의 데이트 한계를 어떻게 설정하는지 알려주려고 한다. 상대와 가까워질 수 있으면서도 개성을 유지할 수 있는 뚜렷하고 유지하기 쉬운 경계를 설정하는 것은 관계에서 우위를 점할 수 있게 해 준다.

다시 말하지만 사랑에 모든 것을 쏟아 붓는 여성은 무섭다. 연인관계에서 자신을 잃어버리는 것은 매우 위험하다. 자신을 지키지 않으면 남자들은 다른 무언가를 찾아서 떠나버리기 때문이다.

올바른 정보를 얻어라

아무리 데이트에 대해 정식으로 수업을 듣지 않았다고 해도 당신은 주변에서 데이트에 대한 실제로 있을 법한 정보들을 수없이 많이 들어왔다. 몇 년 동안 당신은 ‘밀고 당기기의 법칙’ 등에 열중해왔을 것이다. 친구들이나 가족들, 그리고 각종 매체들도 당신에게 큰 영향을 미쳤다. 그리고 그동안 그런 정보들이 실제 당신의 데이트 패턴이나 선택, 마음가짐 등에 무의식적으로 영향을 주었을 것이다.

하지만 그런 선생들이 위험한 이유는 당신에게 모순된 정보들을 제공하기 때문이다. 그동안 리얼리티 프로그램이 사랑과 로맨스에 대한 강력한 파워를 지닌 선생 노릇을 해왔다. 많은 사람들이 리얼리티 쇼가 무의미한 오락 프로그램일지라도 어느 정도는 사실일 것이라고 믿고 있다. 실제 상황처럼 보이기 때문에 시청자들은 출연자의 반응이 진짜라고 느끼고, 결국 사랑에 대한 그들의 잠재의식에 영향을 주는 것이다. 하지만 그런 프로그램들은 보기와는 다르게 모든 상황이 짜인 대본대로 이루어진다는 것을 명심하자.

너무 쉽게 빠지지 말자

연인관계는 감정적인 투자를 필요로 한다. 하지만 얼마나 필요한지, 얼마나 빨리 투자해야 하는지는 아직 명확하게 규정되지 않았다. 그동안 만났던 모든 남성과 여성들 사이에는 일치되는 의견이 있는데, 바로 감정이 관계에 활력을 불어넣는다는 것이다. 몸에 피가 없으면 살 수 없듯이 가슴에 감정이 없다면 홀로 늙어갈 수밖에 없다.

인생은 사랑과 행복이 전부라는 믿음에 비추어 보면 이는 매우 무서운 결말이다. 관계에 활력을 불어넣는 감정은 전 세계의 모든 사람들이 찾아 헤매고 숭배하는 것이다. 언어의 장벽이나 문화의 단절을 막론하고 말이다. 감정은 연인들의 기분을 좋게 만들고 서로 깊이 연결되어 있다고 느끼게 해준다.

남자와 데이트를 시작할 때, 그와 진지한 만남을 계속할 것인지를 결정하기 위해서는 자신의 감정적 포용력을 먼저 점검해봐야 한다. 편견 없이 건강한 마음가짐으로 데이트에 임한다면 진지한 관계로 발전시킬 순간이 왔을 때 그것을 확실히 알 수 있기 때문이다.

SW방법론은 단계별 데이트법이다. SW방법론의 각 단계들은 엄청난 감정적 투자를 필요로 한다. 하지만 다른 이에게 애착을 가지거나 마음을 주는 것에는 스트레스가 따르기 마련이다. 그래서 그런 감정들은 서서히 오랜 시간에 걸쳐 생겨나야 한다. 감정적 투자를 조절하는 능력은 진지하게 누군가를 사귈 준비가 되어있는지를 알려주는 척도이기도 하다. 그러므로 데이트를 시작할 때 스스로를 컨트롤하고 감정을 다스릴 준비가 되어 있어야 한다.

우리는 많은 여성들이 자신의 감정을 남자에게 쏟아 붓는 것을 봐왔다. 그렇게 하면 남자들이 그들의 사랑을 더 깊고 확실히 느낄 수 있을 거라고 생각했을 것이다. 미안하지만 진실은 그렇지 않다. 대부분의 남자들은 그런 감정들에 오히려 겁을 먹는다.

남자들의 깊은 감정은 매우 천천히, 또 조심스럽게 생겨나기 때문이다. 남자들은 여자들과는 달리 감정에 충실하거나 감정을 표현하는 것에 부담을 느끼는 경우가 많다. 여성들의 감정에 겁을 먹은 남자들이 동굴에 숨고 싶어 하면 그녀들은 엄청난 충격을 받는다.

자신의 감정을 공유하고 싶어 하지 않는 남자는 나쁜 놈일까? 음, 물론 그럴 수도 있지만, 부담스러운 감정을 너무 쏟아 붓는 것이 오히려 발전 가능성 있는 관계를 망쳐버린다. 그가 감정을 공유하지 않는 것은 이에 대한 반작용일 수도 있다. 당신은 그를 알기 위해 시간을 투자한 적이 없기 때문에 둘 사이에 어떤 일이 일어날지도 알지 못한 채 그가 겁먹고 도망가게 만드는 것이다.

감정을 조절하는 능력을 키우기 위해 필요한 성장 요소는 물이다. 당신은 정원에 물을 얼마나 주었나? 자신의 감정의 흐름을 조절할 수 있는가? 물을 주지 않거나 혹은 너무 많이 주면 당신의 식물들은 죽고 말 것이다.

"깊은 강물은 소리 없이 흐른다"는 옛말을 기억하는가? 이는 그 사람의 깊이를 암시하는 말이다. 섹시하지만 너무 많은 물을 가진 남자라면, 당신의 꽃이 익사할 수도 있기 때문에 조심해야 한다. 연인관계에서는 '홍수'의 위험성을 명확하게 알기 힘들다. 너무 성급하게 감정을 쏟아 부으면 씨앗이 제대로 뿌리내리기도 전에 물에 휩쓸려 내려갈 수 있다는 것을 명심해야 한다.

가장 중요한 것은 믿음이다

믿음은 꽤 까다로운 단어다. 종교나 영적인 믿음을 떠올리게 하여 누군가에는 편안함을 주지만 또 누군가에는 불편함을 주기 때문이다. 우리가 말하는 믿음은 마음대로 해석해도 상관없는 믿음이다. 그저 사랑을 할 수 있다는 내적인 믿음이 성공적인 연인관계에 필수적이라는 견해를 알려주려고 하는 것뿐이다.

사랑에 믿음을 가진다면 어떤 점이 좋을까? 필요할 때마다 믿음의 힘이 능력을 발휘한다는 것을 알고 있다면, 인생에서 감정의 폭풍이 휘몰아칠 때 그 힘을 믿고 의지할 수 있기 때문에 MFDA에 휘둘리지 않을 수 있다.

이 요소들을 데이트에 적용해 보면, 자연의 가장 순수한 섭리에 따라 연인관계를 어떻게 발전시켜야 하는지를 알 수 있다. 그리고 SW방법론의 각 단계를 따르면서 연인관계의 잠재성을 지니고 있는 각각의 씨앗을 어떻게 가꾸고 재배하는지, 또 매년 꽃을 피우기 위해서 나무를 어떻게 가꾸어야 하는지도 알게 된다. 즉, 데이트에서부터 진지한 관계를 확립하기까지 어떤 단계를 거쳐야 하는지 알 수 있다는 뜻이다.

정원의 일곱 가지 요소들을 발전시키는 것에 이어 씨앗을 모으는 여러 가지 방법, 또 그 씨앗들의 싹을 틔우는 방법, 제대로 물을 주는 방법, 그리고 어떤 씨앗이 가장 큰 잠재성을 갖고 있는지를 판별하는 방법도 알려줄 것이다. 남자를 어디서 어떻게 만나야 하는지, 그와 데이트하고 관계를 발전시키고 또 그와 미래를 약속하기까지의 각 단계를 거치면서 당신은 SW방법론이 가벼운 데이트에서 친밀한 관계로 자신 있게 넘어가는 비법을 알려준다는 것을 깨달을 것이다.

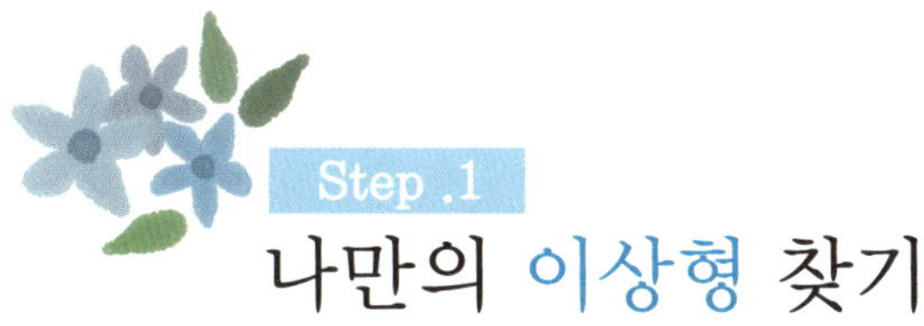

나만의 이상형 찾기

SW방법론 : 씨앗 고르기
데이트하고 싶은 이상형과 원하는 연인관계를
명확하게 설정하자

지금부터는 당신이 원하는 연애, 무엇보다도 당신이 원하는 남자를 어떻게 결정할 것인지에 집중하도록 하자. 이상형을 정하는 과정은 매우 중요하다. 더구나 이상형을 상상하는 데는 어떤 한계도 없다. 이보다 더 즐거운 일이 또 있을까? 여기에는 한계나 제약이 있어서는 안 된다! 다른 사람들의 말은 무시하고 당신이 진심으로 원하는 상대를 정확하게 설정해야 한다.

당신이 이미 이상형이라고 생각하는 사람과 만나고 있다 해도 이 단계를 생략해서는 안 된다. 당신이 꿈꾸던 이상적인 관계가 현실에 얼마나 반영되어 있는지를 알아보고, 보다 명확하게 다듬을 수 있을 것이다.

먼저 '이상형 체크리스트'를 만들어보자. 이상형이 갖추어야 할 조건을 적은 체크리스트는 데이트 중에 넘쳐나는 혼란스러운 신호들에 휩쓸리지 않도록 도와주는 든든한 닻이 되어준다.

우리의 데이트 강의를 들은 사람 중에는 이상형 체크리스트를 적은 메모지를 늘 지갑에 넣고 다니는 이도 있었다. 줄리 역시 그 중 한 명이었다. 줄리는 바에서 데런이라는 너무나 매력적인 남자를 만났다. 데런은 "우리는 천생연분"이라며 함께 밤을 보내자고 했다. 줄리는 그를 따라나서려는 충동을 억누르고 화장실에서 이상형 체크리스트를 꺼내보았다. 리스트에 따르면 데런은 그동안 줄리가 만났던 수많은 남자들과 다를 바 없었고, 자신은 이제 그런 남자들에게서 벗어나려 한다는 사실을 다시금 깨닫게 된 것이다.

줄리의 경우처럼 이상형 체크리스트는 당신이 예전의 습관을 되풀이하며 시간을 낭비하는 것을 막아줄 수 있다. 물론 적절한 기준 없이 체크리스트를 만드는 것이 조금 힘들 수도 있다. 많은 여성들은 현실에서는 만나기 힘든 까다로운 조건을 적기도 한다.

하지만 무엇보다도 중요한 것은 이상형 체크리스트는 당신의 연애 경험을 모두 반영하고 있어야 한다는 것이다. 예를 들어 전 남자친구가 너무 예민한 성격이어서 힘들었다면, 이제는 무난한 성격을 가진 남자를 만나고 싶은 게 당연하지 않은가?

이상형 체크리스트 작성법

무언가를 구체화한다는 것은 성취하고자 하는 긍정적인 결과들을 상상하고, 보다 명확하게 시각화하는 것을 말한다. 많은 사람들이 일에서의 성공을 위해 구체화 작업을 이용한다. 우리는 이를 사람에 적용하려고 하는 것이다.

자, 이제 환상 속을 탐험할 시간이다. 제발 그저 "전 사랑을 찾고 있어요"라고 말하지는 말자. 물론 그것이 사실이라고 해도, 그 사실에 너무 얽매여서는 안 된다. 또 너무 자주 사랑에 빠지는 것도 열정을 낭비하는 일이다. 지금은 최대한 구체적이어야 한다.

줄리가 대학 때 만났던 조쉬를 기억하는가? 그는 완전히 나쁜 놈은 아니었다. 하지만 줄리와 잘 맞는 상대 또한 아니었다. 당시 줄리는 그를 변화시켜서 자기가 원하는 남자로 바꿀 수 있다고 생각했다. 그녀는 친구들에게 조쉬가 무책임하다고 불평했고 다른 여자들이 그의 공연장에 죽치고 있다는 사실에 분개하기 시작했다. 자! 그렇다면 생각해보자. 애초에 줄리가 찾은 것은 뭐였나? 그녀는 '거친 로커 스타일'을 찾고 있었고, 그래서 그 결과를 얻은 것이다!

나에게 완벽하게 어울리는 남자는 ___________ 를 좋아해야 한다. 우리가 함께 있을 때 그가 나를 __________하게 대해주기 바란다. 나는 그와 함께 있을 때 __________를/하다고 느낄 것이다. 나는 그에게 __________ 에 대한 이야기를 할 수 있어야 한다.

이 빈 칸을 채우는 것이 처음에는 힘들 수도 있다. 하지만 당신의 이상형을 명확히 하기 위해 꼭 필요한 것이니 조금 더 힘을 내보자. 그리고 다음 질문들에도 대답해 보자.

1. 나에게 부족한 부분을 그에게 바라고 있는가?
2. 그는 나를 행복하게 하기 위해서 무엇을 해야 하는가?
3. 나의 이상형/완벽한 남자가 내 인생에 함께 한다면 나의 어떤 점이 달라지겠는가?

어쩌면 당신은 자신의 부족함을 채워주고, 함께 성장해 나가고, 당신을 진심으로 사랑해줄 남자를 찾고 있는지도 모른다. 과연 어떤 남자가 그 리스트를 모두 충족시킬까? 어떤 여성들은 '까다롭지 않고 남자다우면서도 감성적이고, 그렇다고 해서 너무 연약하지도 않은' 남자를 원한다.

완벽한 사랑을 구체화할 때 주의할 점이 있다. 외형적인 특성에 너무 초점을 맞추어서는 안 된다는 것이다. 당신은 융통성을 길러야 하고, 내적인 면이 외적인 면에 비해 얼마나 중요한지 깨달아야 한다. 새로 만난 남자가 당신이 원하는 모든 면을 갖추고 있는데, 단 하나, 외모가 당신의 이상형과 다르다면?

하얀 얼굴에 둥근 테 안경을 쓴 남자만 좋아한다는 여성이 있었다. 그녀의 설명에 따르면 그것이 그녀의 타입이었다. 그리고 그녀는 그 리스트에 꼭 맞는 남자와의 관계를 생각하며 즐거워했다. 하지만 불행히도 그녀는 자신이 원하는 모든 조건을 충족시키는 이상형이 코앞에 있는데도 눈치 채지 못했다! 외모에만 너무 집중했기 때문이다.

인생에서 가장 중요한 것이 사랑과 행복이라면, 그의 얼굴 색깔이나 안경이 무슨 상관이란 말인가? 사랑은 육체적인 아름다움과 관계가 없다. 신뢰나 연민, 상대와 함께 인생을 설계해 나가는 내적인 특성이야말로 지속적이고 사랑이 넘치는 관계를 만드는 데 필수적인 것이다. 물론 육체적인 끌림도 중요하다. 하지만 이는 시간이 지나면 변하기 마련이다.

아마 당신에게도 선호하는 외모적 특성이 있을 것이다. 그건 괜찮다. 하지만 마음을 닫아서는 안 된다. 사랑은 어떤 외모에서 올지 모르기 때문이다.

이상적인 배우자가 가져야할 자질은 무엇인가?

당신의 완벽한 짝은 어떤 특성을 가져야 하는지 다음 리스트에서 스무 가지를 선택해보자.

지적인	채식주의자	모험을 즐기는
정직한	열정적인	나이 많은
스타일리시한	관능적인	세련된
너그러운	마른/스키나한	가정을 꾸리고 싶어하는
믿음직스러운	예의바른	나이어린

고학력의	겸손한	말변이 좋은
남성적인/강한	부유한 집안 출신의	친근한
쾌활한	강인한	자유분방한
재미있는	외향적인	내성적인
키가 큰	록 스타 스타일	예술가 스타일
잘생긴	가정적인	쾌락주의자
독립심 강한	레저 활동을 좋아하는	초연한
동정심이 많은	몸매가 좋은	로맨틱한
느긋한	재치있는	종교적인
낙천적인	매트로섹슈얼	카리스마 넘치는
기부를 많이 하는	고풍스러운	사무적인
건강에 신경 쓰는		

당신이 반할만한 남자의 특성을 정확하게 나타낼 수 있는 리스트를 꼼꼼하게 만들도록 하자.

왜 그를 사랑하는 것일까?

특정한 남자에게 매력을 느끼는 이유를 보다 깊이 살펴보자. 당신의 타입이 정말 당신이 직접 묘사한 완벽한 남자가 맞는지부터 생각해보자. 이 상형은 언제 만들어졌나? 당신의 경험을 바탕으로 한, 인생의 중요한 지식과 인식을 정확히 반영하고 있는가? 아니면 가족들이 부잣집 아들을 찾으라고 압박하는가? 혹은 당신의 엄마가 강하고 조용한 타입이 최고라고 말하는가? 그것도 아니라면 어쩌면 아버지와 비슷한 남자를 찾고 있는 것은 아닌가?

어릴 때부터 지금까지 당신은 사랑의 경험들을 패턴화해서 천천히 지도를 만들어왔다. 매력을 느끼는 타입을 그려온 것이다. 이 지도가 바로 당신의 데이트를 좌우할 열쇠를 쥐고 있다.

심리학자 에드워드 C. 톨만(Edward C. Tolman)은 '인식의 지도'라는 개념을 세상에 처음 소개한 것으로 유명하다. 톨만에 따르면 사람은 인지하고, 앞뒤 관계를 설정하고, 단순화시키고, 다른 복잡한 문제들을 이해하기 위해 정신적인 모델, 혹은 믿음 체계를 사용한다고 한다. '사랑의 지도' 역시 이와 비슷한 개념으로 존 머니(John Money)가 고안한 것이다.

우리는 SW방법론의 '친밀함의 지도'를 소개하려 한다. 친밀함의 지도는 왜 매력을 느끼는 특정한 사람을 찾아야 하는지, 그리고 무엇이 그들과 로맨틱한 관계를 추구하도록 하는지를 설명해줄 것이다. 이 개념은 데이트 상대를 넓혀주어 새로운 가능성을 늘려주는 것은 물론, 이상형을 설정하는 데도 도움을 준다.

당신의 친밀함의 지도는 긍정적이고 부정적인 모든 경험들이 쌓여 만들어졌다. 그 지도에는 당신이 선호하는 스타일이 잠재적으로 기록되어 있다. 이를 통해 당신의 지도에 무엇이, 왜 기록되어 있고, 또 그것이 데이트에 어떤 영향을 미쳤는지를 알 수 있다.

선호도는 모두 머릿속에서 암호화되어 지도에 표시되는데, 얼굴형과 목소리, 몸매 등에 대한 선호도까지 함께 표시된다. 지도에는 당신에게 어필하는 남자들이 어떤 성격을 가지고 있는지도 기록되어 있다.

여기서 알 수 있는 것은 무엇일까? 우리는 친밀함의 지도에 가장 근접하는 사람에게 빠지고, 그런 사람을 찾으려 한다는 것이다.

그런 이미지들은 대부분 어렸을 때 형성된다. 여기에 몇 가지 덧붙일 것이 있다. 사실 지금 당신이 관심을 갖는 사람은 당신의 엄마가 좋아했던 스타일일 가능성이 높다. 엄마가 강하고 용감한 사람과 결혼했다면, 당신이 그런 특성을 가진 남자에게 끌린다는 것은 어쩌면 당연한 일이다. 만일 엄마가 똑똑한 스타일을 좋아했다면 당신 역시 그런 타입을 선호할 것이다. 엄마는 당신의 지도에 매우 강한 영향을 미쳤다.

하지만 다행히도 이런 것들이 영원하지는 않다. 친밀함의 지도는 얼마든지 바뀔 수 있다. 지도에 표시된 여정은 당신이 지금까지 걸어온 길을 의미한다. 새로운 정보에 기꺼이 마음을 열 자세가 되어 있다면 길의 방향을 바꿀 수도 있다. 마음을 연다면 지도에 표시된 적이 없기 때문에 당신이 미처 보지 못했던 다른 기회들을 발견할 수도 있다.

친밀함의 지도를 만들고 당신의 리스트를 계속 업데이트 하도록 도와줄 요소들을 한번 살펴보자. 당신이 남자에게, 그리고 연인관계에 바라는 것을 완전히 깨닫기 전에 먼저 이 요소들을 파헤쳐야 한다!

당신의 타입은 무엇인가?

1. 내 타입은 ________________________________ 라고 할 수 있다. [가능한 많은 특성들을 생각해보라.]

2. 생각해보면, 내가 이런 타입에 끌리기 시작한 것은 __________________ 부터다.

3. 내 타입에 영향을 미쳤던 사람이나 요소에는 __________________________ 들이 있다.

4. 내 이상형은 나의 부모님과 ___________________한 점이 닮았다.

5. 어머니와 나는 모두 ___________________한 사람에게 끌린다.

6. 아버지는 나에게 ___________________하게 행동했다.

그래서 나는 남자에 대해 _______________한 감정을 느끼게 되었다.

7. 다른 남자들도 나에게 아버지와 같이 행동할 것이다.

왜냐하면 ________________________________ 때문이다.

8. 다른 남자들은 나에게 다르게 행동할 것이다.

왜냐하면 ________________________________ 때문이다.

자신의 타입을 업데이트할 필요가 있다는 생각은 분명 도움이 된다. 당신은 아마 모든 조건을 다 갖춘 사람을 만난 적이 없을 것이다. 지금껏 만난 남자들은 아마 잘생기긴 했지만 경제적으로 안정되지 못했거나, 혹은 좋은 직업을 가졌지만 좀 뚱뚱했을 것이다. 완벽한 로맨스로 가는 열쇠는 누군가의 불완전함을 사랑하는 데 있을 수 있다.

결점은 자신을 독특하게 만들어주고, 환상 속의 남자를 없애는 좋은 방법이 되기도 한다. 세상에 완벽한 것은 없다는 것을 깨닫게 해주는 것이다. 세상에는 당신에게만 꼭 맞는 것이 존재한다. 만일 누군가가 당신과 잘 맞는다면 그것은 서로의 불완전함이 완벽하게 들어맞는다는 뜻이다. 어쩌면 다른 어떤 것보다도 그 사람의 버릇이나 흠을 가장 사랑하게 될 수도 있다.

이상형을 절대 만날 수 없을 거라는 생각이 든다면, 무의식적으로 절대 만날 수 없을 남자만 찾고 있지는 않은지 진지하게 자문해봐야 한다. 누가 그러겠냐고? 또 지도에 표시할 수 없는 남자에게 일부러 매력을 느끼는지도 알아봐야 한다. 이로써 정말 사랑에 빠질 준비가 되어있는지 알 수 있다.

예를 들어 자상한 공인회계사가 당신을 좋아하는데, 당신은 그가 부유한 사장이 아니라는 이유로 데이트하지 않으려 한다. 사실 부유한 사장은 만나본 적도 없는데 말이다. 어쩌면 상처받거나 차이는 것이 두려워서 절대 만날 수도 없는 남자를 선택하고 있는지도 모른다.

지도가 당신의 생활 방식에 정말 들어맞는 남자를 가리키고 있는가? 혹시 집에 편히 앉아서 영화를 보는 것을 좋아하면서 운동선수와의 데이트를 꿈꾸지는 않는가? 그렇다면 뭔가가 잘못된 것이다.

땀에 젖은 민소매 셔츠를 입고 근육질의 잘 그을린 어깨에 카약을 멘 운동선수 타입의 이미지를 좋아하는 사람이 있었다. 그녀는 온라인으로 진짜 카약 선수를 만난 적이 있는데, 강에서 세 번째 데이트를 할 때까지는 모든 것이 너무나 완벽하게 로맨틱했다. 하지만 그는 그녀가 물을 무서워한다는 것에 실망했다! 그녀는 그가 자신에 비해 너무나 열정적이라는 것을 깨달았고, 결국 자신의 환상이 현실과 동떨어진다는 것도 알게 되었다. 그녀는 자신이 찾는 조건을 재정립할 필요성을 느낀 것이다.

'잘 맞는다'는 단어에서 떠오르는 것은 무엇인가? 보통 단순히 겉모습만 생각할 것이다. 하지만 그것이 이성과의 깊은 교감을 알려주는 것은 아니다. 예를 들어 당신이 캠핑을 좋아하는데 그도 캠핑을 좋아한다. 하지만 그 이유로 평생을 약속할 수는 없는 일이다.

영원한 관계는 끌림과 공통의 관심사보다 더 중요한 무언가에 기반을 두고 있다. 외적 매력은 관계의 가능성만을 알려주는 불꽃인 경우가 많다. 하지만 공감대는 연인들을 감성적으로 또 이성적으로 하나로 맺어주는 깊은 결속이다. 진정한 공감대는 첫눈에 반한 사랑과 같은 것이 아니다. 진정한 공감대를 형성하려면 많은 시간이 필요하다. 순간의 끌림만으로는 사랑이 될 수 없다. 그것은 단지 욕망일 뿐이다!

당신의 이상형 체크 리스트 업데이트 하기

잠시 앞으로 돌아가서 당신이 배우자에게 원하는 것들을 적은 리스트를 살펴보자. 그리고 친밀함의 지도와 타입에 대해 다시 생각해보고, 그 리스트에서 바꿀 것이 없는지 찾아보자.

처음에 만들었던 리스트에서 뭔가 바꾸거나 혹은 더하고 뺄 것이 있는가? 이것이 바로 이상형의 원형이라는 것을 명심하자. 또 그 원형이 정말 당신의 소망과 의도를 제대로 반영하는지 다시 한 번 체크하자.

옛 연인과 닮은 꼴은, 그만!

연인과 헤어지거나 이혼한 지 얼마 되지 않은 여성에게 짧게 한마디 전하고자 한다. 이런 경우, 자신을 떠나간 사람과 비슷한 남자와 만나거나 그런 남자를 찾으려 하는 경우가 많다. 하지만 그 패턴을 따라서는 안 된다. 잃어버린 사랑을 똑같이 복제하려는 유혹이 생긴다고 해도 이를 뿌리쳐야 한다. 새로운 사람은 전의 남자와 약간 비슷해서도 안 된다. 누군가가 예전의 남자와 닮아서 편하게 느껴진다 해도 그와 사귀어서는 안 된다.

브래드 피트와 닮은 멋진 남자와 삼 년간 만난 여성이 있었다. 둘은 헤어졌고 그 여성은 예전 남자친구와 비슷한 사람을 찾기 시작했다. 하지만 모습은 비슷할지 몰라도 대부분 나쁜 놈들이었다. 그녀는 그가 빈자리를 채울 수 있는 꽃의 씨앗이라고 생각한 것이다. 제발 이런 함정에 빠지지 말자. 헤어진 연인의 복제품을 찾는 것은 더 큰 상처를 남길 뿐이다. 또 단지 누군가를 대신하기 위해 새로운 사랑을 찾아서도 안 된다.

헤어진 옛사랑과 꼭 닮은 남자와 데이트하는 여성도 있다. 마치 옷만 갈아입은 옛 연인과 데이트하는 것처럼 말이다. 다시 말하지만 실패로 끝난 관계는 다시 시도해도 좋은 결말을 맺을 수는 없다. 이는 위험한 환상일 뿐이다. 대신 당신의 이상형 체크리스트를 만들고 그 자질을 갖춘 남자를 찾아라.

이상형을 찾을 준비가 되었나? 이제 자신이 무엇을 왜 원하는지 알 것이다. 하지만 멋진 씨앗들을 모으기 전에, 아직 할 일이 있다. 바쁘게 움직이자!

데이트에도 준비가 필요하다

SW방법론 : 기초 닦기
긍정적인 데이트 마인드를 기르고
새로운 관계를 만들 준비를 하자

성공적인 연인관계를 만들기 위해서는 그 관계에 충실하고 최선을 다해 노력해야 한다. 다음 단계로 넘어가기 전, 목표가 분명하고 뚜렷한 여섯 단계를 거쳐야 하는 새로운 방식의 데이트를 경험할 준비가 되어있는지 다시 한 번 생각해보자. 오래된 데이트 습관과 제한적인 패턴을 바꿀 자신이 있는가? 우리는 차분히 마음을 가라앉히고 심호흡을 하고 당신의 내면을 들여다 볼 것을 강조한다. 스스로에게 물어보자. 정말 데이트할 준비가 되었는가?

데이트할 준비를 하는 것은 당연히, 매우 중요하다. 사실 많은 여성들이 데이트에서 상처받은 경험이 있는데도 자신의 패턴을 깨지 못하고 여전히 상처만 남기는 관계를 지속하고 있다. 이 여성들은 그저 외로워서 누군가와 사귀기를 갈망하며, 자신의 내면을 들여다보지 못하고 방어적인 데이트만을 계속한다. 사랑에 대한 믿음과 신념 대신, 예전에 만난 '이름도 기억나지 않는 누군가' 혹은 '나를 버리고 떠난' 그 사람보다 더 나은 사람을 만나지 못할 것이라는 불안함에 사로잡혀 있기 때문이다.

자신이 진정으로 새로운 데이트의 가능성을 받아들일 준비가 됐는지 잘 생각해보기 바란다. 혹은 말로는 준비되었다고 하면서도 불가피한 요소들이 사랑을 방해한다고 믿고 있는가? "난 데이트하기엔 너무 늙었어", "괜찮은 남자들은 다 결혼했거나 여자친구가 있단 말이야" 등의 얘기를 하는 건 아닌가?

이런 마음가짐은 없애버려야 할 제한된 생각, 그 이상도 이하도 아니다. 내면을 좀 더 들여다보면, 자신이 MFDA로 고통 받고 있고 이를 극복하기를 간절히 바라고 있다는 것을 알게 될 것이다. 위대한 사랑의 꽃을 피우기 위해서, 이런 부정적인 생각들은 반드시 데이트 시작 전에 없애버려야 한다. 다시 말해 당신의 타입뿐만이 아니라 당신의 부정적인 생각 역시 문제라는 것이다.

연인을 만들 준비가 되었는가?

어떤 로맨스든 해피엔딩을 맞이하기 위해서는 준비가 필요하다. 다른 사람에게 마음을 열고 그에게 충실할 준비를 해야 한다. 특별한 사람은 하늘이 내려주는 것이 아니다. 그것은 애초에 특정한 누군가를 원하는지에 의해 크게 좌우되는 경우가 많다. 당신이 정말 준비가 되어 있는지를 알아보기 위해서는 당신이 연인관계를 원하는 이유를 분명히 알아야 한다. 단지 사랑을 원한다는 이유 말고, 정말 당신이 반쪽을 원하는 이유가 무엇인지를 알아야 한다.

당신은 어쩌면 단지 '이제는 정착해야 할 시간'이라고 생각할지도 모른다. 혹은 부모님의 압력 때문인지도 모른다. 주변의 친구들이 모두 연인이 생겨 외롭기 때문에?

줄리는 아직도 금요일 밤에 〈프렌즈〉 재방송을 보며 시간을 때워야 한다는 사실을 견디지 못한다. 그녀는 보다 신나는 인생을 즐기기 위해서, 주말에 생기를 불어넣어줄 누군가(사실은 아무나)를 만나고 싶어 한다.

당신이 남자친구를 원하는 이유는 무엇인가? 당신을 위해 무언가를 해주길 바라기 때문에? 당신의 부족함을 채워주고 보다 나은 인생을 만들어주기를 바라기 때문에? 단지 이런 이유로 연인을 원한다면, 진정한 사랑과 행복을 찾을 수 없다.

연인관계를 원하는 이유는 수만 가지가 있다. 그리고 그 이유를 이해하는 것은 매우 중요하다. 심리치료사 에밀리 켄싱턴(Emily Kensington)은 100쌍의 커플에게 다음과 같은 질문을 했다.

"상대의 어떤 점을 가장 사랑하나요?"

이 질문에 건성으로 대답하거나 상대의 외적인 부분, 혹은 단점을 폭로한다면, 그 관계는 보통 피상적이거나 그다지 오래 가지 않는 경우가 대부분이었다.

예를 들어 "예쁘니까요"라는 대답을 하거나 "재미있어서"라는 대답은 부정적인 결말을 예상케 하며 표면적인 매력을 나타내는 대답은 대부분 짧은 관계로 끝난다. 하지만 "배려심이 많고 믿을 수 있는 사람이라서"라거나 "날 진정으로 이해해줘요"라고 대답한 커플들은 오래오래 행복하게 살았다고 한다.

당신은 왜 이상적인 반쪽을 찾으려고 하는가? 다음의 문장들을 완성하면서 그 이유를 생각해보자.

- ◉ 나는 ＿＿＿＿＿＿＿＿＿＿ 때문에 연인관계를 원한다.
- ◉ 나는 ＿＿＿＿＿＿＿＿＿ 때문에 멋진 남자를 만나고 싶다.
- ◉ 나는 혼자서도 행복하다. 하지만 특별한 누군가를 만난다면

  내 인생에 ＿＿＿＿＿＿＿ 것들이 더해질 것이라고 생각한다.
- ◉ 나는 ＿＿＿＿＿때문에 누군가를 사귀는 일이 멋질 거라고 생각한다.

인생이나 스스로의 어떤 점이 마음에 들지 않는다면 자신을 완성시켜주고 채워줄 사람을 찾게 된다. 하지만 다른 사람이 자신을 완성시켜준다는 생각은 대단히 위험하다! 이는 스스로는 완전하지 못하다는 뜻이며, 연인 사이가 파트너십이 아닌 의존적인 관계가 되도록 한다. 만일 여기에 해당된다면, 당신은 아직 데이트할 준비가 되지 않았다는 뜻이다. 하지만 희망을 버릴 필요는 없다! 이 단계의 목적은 곧바로 연인관계를 만드는 것이

아니니까. 내적인 기초를 쌓고 데이트에 임하는 마음가짐을 긍정적으로
바꾸어 데이트를 위한 준비를 하는 것이니 말이다.

잔혹 과거 연애사 분석하기

우선 당신이 로맨스와 데이트에 대해 어떻게 생각하고 느끼고 행동하는
지 꼼꼼하게 조사해봐야 한다. 만일 부정적이고 비현실적이며 제한적인
생각을 갖고 있다면, 감정적으로 불안하다면, 혹은 가끔 스스로를 통제할
수 없다면, 당신의 잠재적인 연인관계는 자신도 모르는 사이에 시작도 못
하고 끝나버릴 것이다.

내면의 정원에 있는 토양은 데이트에 대한 마음가짐을 나타낸다. 당신의
모든 믿음과 느낌, 그리고 사랑에 관한 경험들을 모두 포함하는 것이다.
지금까지 가졌던 각각의 로맨틱한 관계는 그 땅에 심겨 자랐다.

당신의 첫 로맨스를 생각해보자. 사랑이 끝났을 때 그 땅은 부정적인 마
음가짐 때문에 황폐해졌는가, 혹은 앞으로 다가올 가능성에 대한 기대로
비옥해졌는가? 이별할 때마다 그 땅을 제대로 보살펴주었는지 생각해보
기 바란다.

당신의 정원에 뿌리내리고 있는 것은 무엇인가? 아름다운 장미인가? 아
니면 야생화인가? 다시 과거를 회상해보자. 물론 애초에 뭔가 기를 생각
이 없었을 수도 있다. 어쩌면 당신은 계속해서 같은 꽃을 기르고 있는지
도 모른다. 그것이 당신이 바라는 꽃이 아닌데도 말이다. 뭔가 다른 것을
심는 것이 불가능해 보이는가? 당신의 땅, 당신의 마음가짐이 그것을 막
고 있는지도 모른다.

내면의 정원을 이런 방식으로 살펴보는 것은 자신을 발견하는 중요한 과정이다. 양분을 주지 않아 땅이 메말라 가는지, 돌보지 않아 잡초로 뒤덮여 있는지 알 수 있기 때문이다.

어쩌면 당신은 야생화, 즉 길들여지지 않은 꽃을 계속해서 기르고 있는지도 모른다. 하룻밤 상대를 만나거나 짝사랑을 하면서 말이다. 그러면서 이제는 누군가를 보다 진지하게 만날 준비가 되어 있다고 주장한다. 만일 아직도 그런 꽃들을 기르고 있다면, 진정한 사랑의 꽃을 피우기 위해 그것을 제거할지, 내버려 둘지를 알아봐야 할 때가 왔다.

좀 더 깊이 파보자

당신의 내면을 깊이 파고들어보자. 그리고 아래의 질문에 답해보라.

1. 과거에 당신의 토양에서 어떤 것도 자랄 수 없도록 양분을 모두 빨아먹은 관계가 있었는가?
2. 당신은 같은 종류의 관계를 키우고 또 키웠다고 생각하는가?
3. 당신은 당신의 정원에서 뭔가 다른 것을 키울 수 없다고 느끼는가?
4. 당신은 싹이 틀 가능성이 없는 씨앗을 키우려고 노력한 적이 있는가?
5. 가끔이지만 지속적으로 물을 주는 식물이 있는가? 그것이 당신의 인생에 달라붙어 다른 것을 자라지 못하게 하지는 않는가? 이는 당신의 옛 애인이나 그에 대한 추억, 혹은 '토양의 양분을 고갈시키고 우물을 마르게 하는 엔조이 파트너'일 수도 있다.

과거의 관계가 토양에 어떤 영향을 미쳤는가?

1. 내가 가장 큰 상처를 받았을 때를 생각하면 나는 __________ 때문에 슬퍼진다. 나는 ________________를 다시 경험하기 싫어서 영원히 데이트하지 않으리라 결심했다.

2. 초기의 내 데이트들을 생각해볼 때, 내가 ____________하는 방법을 더 잘았으면 좋았을 것이라고 생각한다.

3. 데이트에서 나의 가장 큰 실수는 ___________________이다.

4. 내가 되풀이하고 있는 실수는 _________________이다.

5. 내가 기억하는 가장 좋은 데이트는 내가 ___________했을 때다. 나는 여전히 ___________하려고 하지만 항상 성공하는 것은 아니다.

6. __________와의 데이트는 실수였다. ____________ 기 때문이다.

7. 그는 내가 데이트했던 ___________같은 사람들을 떠올리게 한다. [특정한 이름이 떠오르는가?] 그들은 모두 _________점에서 비슷했다.

8. 나는 __________와 데이트해서 너무 행복하다. 그는 내 타입이다.

9. 나는 __________와 좀 더 깊은 사이가 되고 싶다.

하지만 ________ 때문에 진지해지기 어렵다.

10. 과거로 돌아가 뭔가 다른 행동을 할 수 있다면 나는 ___________ 할 것이다.

11. [가장 가슴 아픈 이별을 떠올려보자.]

그 관계는 ________/________/________ 때문에, [그 관계를 망쳤다고 생각하는 세 가지 이유를 대보라] 그리고 내가 _______/_______때문에[그가 당신과 사귀고 싶지 않게 만든 세 가지 이유를 자신에게서 찾

당신의 모든 경험들은 현재의 데이트 자세에 영향을 주었다. 이런 생각을 해본 적이 없다고 해도, 토양을 갈아엎는 것은 과거의 관계들을 재평가하고 새로운 관계를 준비하는 데 도움이 된다.

과거 데이트에서 받은 영향을 생각해보고, 그것들이 당신의 친밀함의 지도를 어떻게 형성했는지 이해해보자. 이제 겨우 첫 걸음을 뗐을 뿐이다!

지금까지 당신의 토양을 기름지게 했던 양분에는 어떤 것이 있는가? 당신은 수없이 많은 데이트와 연인관계를 경험하면서 다양한 소스에서 정보와 메시지를 수집했을 것이다. 그 정보들이 당신의 정원에 어떤 영향을 미쳤을까? 이에 대한 해답을 위해서는 당신의 친구부터 살펴봐야 한다.

영향을 준 무허가 연애상담사들

◑ 당신의 친구들

당신은 친구들에게서 많은 것을 배우고 그들과 비슷한 행동을 하기도 했으며, 때론 가장 가깝고 든든한 데이트 상담가였던 친구들의 데이트 스타일을 따라 하기도 했을 것이다. 아마 그 방법이 친구에게는 효과가 있었기 때문이거나, 친구들 사이에서 인정받기 위해서였을 것이다. 또 친구들은 자신이 뭘 하고 있는지도 모르면서 당신에게 무엇이 제일 좋은지 알고 있다고 믿었다.

친구들과 남자에 대해 수다를 떠는 것은 재미있고 즐거우며 잠시나마 당신을 진정시켜준다. 하지만 그들의 조언은 장기적인 도움을 주지는 못한다. 그들 역시 당신이 원하는 것, 바로 종합적인 데이트 방법론을 간절히 원하고 있기 때문이다. 하지만 남자와 서로 영향을 주고받는 방법을 완전히 바꾸지 않는다면 당신과 친구들은 계속 MFDA로 고통 받으면서 서로를 위로해 주느라 바쁠 것이다.

> ### 친구들은 당신의 데이트 자세에 어떻게 영향을 미쳤는가?
>
> 1. 나는 다른 여성들과의 경쟁에 ＿＿＿＿＿＿ 게 처신해왔다.
> 2. 나는 내 친구들이 나의 남자친구들에 대해 어떻게 생각하는지에 신경 쓴다. 왜냐하면 ＿＿＿＿＿ ＿＿＿＿＿＿＿ 때문이다.

3. 친한 친구들은 남자친구가 있고 나는 없을 때 나는 ___________ 한 기분이 든다.

4. 내 친구 ______ 는 ___________ 기 때문에 언제나 남자에 대한 얘기를 하기에 좋다.

5. 내가 받은 최고의 조언은 ___________ 이다.

6. 나는 남자 때문에 화가 났을 때 _________ 에게 제일 먼저 말한다. 그/그녀는 ___________ 기 때문이다.

7. _______ 는 좋은 친구다. 언제나 내가 데이트하는 사람의 긍정적인 면을 보기 때문이다. .

8. _______ 는 나쁜 친구다. 언제나 내가 데이트하는 사람의 부정적인 면을 보기 때문이다.

9. 내 친구들은 언제나 내가 데이트할 때 __________ 고 말한다. 그리고 내가 좀 더 자주 _____________ 했더라면 보다 좋은 남자를 만났을 거라고 한다.

10. 나는 싱글일 때, 싱글이라서 가장 좋은 점은 ___________ 라고 생각했다.

11. 나는 싱글일 때 __________ 와 만나는 것이 가장 불편하다. (친구의 이름을 쓰라.)

12. 나는 싱글일 때 __________ 와 만나는 것이 가장 편하다. (친구의 이름을 쓰라.)

13. _________ 는 연인과 좋은 관계를 유지하고 있으며 늘 내게 조언을 해주는 친구이다. (친구의 이름을 쓰라.)

> **14.** __________ 는 자신의 데이트 라이프에 문제가 많지만,
> 늘 내게 조언을 해주는 친구이다. (친구의 이름을 쓰라.)
> **15.** __________ 는 내가 원하는 연인관계를 갖고 있다.
> (친구의 이름을 쓰라.)

와우!! 주변 사람들이 당신의 데이트 자세에 얼마나 영향을 미쳤는지를 알려주는 문장들을 완성했다! 사실 친구들은 당신의 애정생활에 관심을 가질 권리가 있다고 느끼며, 당신에게 가장 효과적이고 좋은 방법이 무엇인지 안다고 생각한다. 당신을 도와주려는 친구들의 노력은 높이 살 만하지만 그들은 명확하고 객관적인 조언을 해줄 수가 없다.

당신 역시 마찬가지다. 앞의 문장들을 보면 어떤 친구들은 당신이 싱글인 것을 더 좋아한다는 것을 알 수 있다. 또 어떤 친구들은 당신이 데이트하는 남자에 비판적이라는 것을 알게 될 것이다. 만일 당신의 베스트 프렌드에게 남자친구가 없다면, 그녀는 무의식 중에 당신 역시 혼자이기를 바랄 것이다. 중요한 것은 모든 친구들이 당신의 데이트를 지지하지는 않는다는 것이다!

○ 당신의 부모님

친구와 마찬가지로, 가족 역시 당신의 데이트 자세에 영향을 미쳤다. 어쩌면 당신의 어린 시절의 경험과도 관계있기 때문에 가족의 영향이 더 클 수도 있다.

줄리는 매우 아름다운 여성이다. 하지만 그녀의 외모는 데이트에서 성공하고 연인관계를 형성하는 데 아무런 도움을 주지 못한다. 사실 열세 살 때 줄리는 가장 친한 친구와 남자 때문에 싸우고 나서 겪은 불쾌한 경험 때문에 정신적인 충격을 받았다. 그녀의 아버지는 싸움이 끝나고 줄리에게 이렇게 말했다고 한다.

"줄리야, 마니에게 남자친구가 있다고 해서 질투할 필요는 없단다. 마니가 예쁘니까 남자 아이들이 너보다 마니를 좋아하는 것은 사실이야. 하지만 너는 훨씬 똑똑하잖니? 지금은 마니를 더 좋아하겠지만 언젠가는 네가 얼마나 멋진 아이인지 알게 될 거야."

하지만 불행히도 줄리의 미모는 늦게 빛을 발했고, 그래서인지 남자들이 줄리를 좋아하는 날도 꽤 늦게 찾아왔다. 때문에 그녀는 아직도 남자들이 자신에게 끌리는 것에 대해 불편하게 생각한다. MFDA인 것 같다고?

얼핏 보면 그녀의 아버지는 줄리를 위로한 것 같지만 자신의 간단한 코멘트가 줄리를 평생 괴롭히는 상처가 되리라는 것을 알지 못했다. 이것이 줄리의 마음가짐에 어떻게 영향을 미쳤으며, 그녀의 정원에 어떤 잡초를 자라게 했을까? 줄리는 언제나 데이트하는 남자로부터 인정받고 싶어 하고 자신이 옳다는 것을 입증 받기를 바란다. 자신이 얼마나 매력적인지도 모르고 여전히 자신이 예쁘지 않다고 느끼며, 친구들에게 남자에 대한 경쟁의식을 갖고 있다. 또 그녀에게 얼마나 많은 남자들이 접근했나에 상관없이 여전히 충분하지 못하다고 생각하는 것이다. 이런 불안정함은 그녀가 남자의 관심에 불안해하고 충동적으로 행동하게 만들었다. 바로 MFDA의 증상이다.

이런 연습은 부모님이 당신의 믿음에 어떤 영향을 주었는지를 확인하는 데 도움이 된다. 몇 년 동안 사랑과 연인관계에 대한 강력한 메시지와 잘못된 생각들이 당신의 마음에 깊이 각인되었지만, 믿음을 잃지 말자. 가족들의 부정적인 습관을 뿌리째 뽑고 토양을 비옥하게 가꿀 수 있는 쓸모 있는 정보들을 분류해 낼 수 있다. 그 방법은 무엇일까? 잠시 기다려 보라. 당신에게 영향을 미친 사람들을 전부 알아본 후에 '잡초 뽑기'에 대한 모든 것을 알려줄 것이다.

당신의 부모님은 당신의 데이트 자세에
어떤 영향을 미쳤는가?

1. 데이트에 관해서 나의 엄마는 언제나 나에게 _______ 라고 말했다.

2. 엄마가 직접 말하지 않았다고 해도 엄마가 내가 __________ 인 사람과 데이트하기 원했다는 것을 알고 있다. 나는 엄마가 그렇게 느꼈다는 것을 __________ 때문에 알 수 있었다.

3. 데이트에 관해서 아빠는 언제나 내게 __________ 라고 말했다.

4. 아빠가 직접 말하지 않았다고 해도 아빠가 내가 _______ 인 사람과 데이트하기 원했다는 것을 알고 있다. 나는 아빠가 그렇게 느꼈다는 것을 _________ 때문에 알 수 있었다.

5. 부모님의 관계를 보면 나는 사랑은 __________ 는 것이라는 것을 배웠고, 늘 __________ 해야 하고 _________ 는 하면 안 된다

는 것을 배웠다.

6. 부모님의 결혼 생활을 바탕으로 나는 연인관계는 ___________ 와 관련이 있다는 것을 알고 있다.

7. 나는 부모님에게서 ___________ 는 법을 배웠기 때문에 행복한 결혼 생활을 할 것이라고 긍정적으로 생각한다.

8. 나는 ___________ 때문에 이혼할 것이라는 걱정을 한다.

9. 나는 내 남자친구가 ___________ 때 엄마가 떠오른다.

10. 나는 내 남자친구가 ___________ 때 아빠가 떠오른다.

11. 나의 엄마와 남자친구에게서 공통으로 발견한 부정적인 특징은 ___________ 이다.

12. 나의 아빠와 남자친구에게서 공통으로 발견한 부정적인 특징은 ___________ 이다.

● 당신의 형제들

부모님과 마찬가지로 형제들 역시 당신의 데이트 자세에 큰 영향을 미친다. 자라면서 당신은 그들을 지켜보고 그들의 실수에서 많은 것을 배웠을 것이다. 또 데이트에서 필요한 트릭들도 배웠을지 모른다. 형제들은 보통 서로 마음을 터놓기 마련이고 부모님과 선생님은 물론 친구들 사이에도 할 수 없는 이야기들도 할 수 있다. 하지만 데이트에 대해서 자신이 뭘 하고 있는지도 알고 있을까?

줄리는 세상 물정 모르던 열두 살에 언니로부터 데이트에 대해 배웠다. 아직도 그녀는 언니가 가르쳐준 남자친구를 사귀기 위한 방법을 기억하고 있다. "네가 할 것은 좋아하는 남자랑 웃고 떠들면서 걔를 남자친구로 만들려고 노력하는 것뿐이야." 그렇게 간단하다면 얼마나 좋을까!

　당신은 그동안 수집한 정보를 바탕으로 각 남자들에 맞는 데이트 전략을 짰다. 어쩌면 오빠나 언니는 아직도 당신의 조언자일 수 있다. 하지만 형제는 엄마나 아빠보다도 더 객관적인 조언을 하지 못한다. "그는 절대 우리 가족과는 맞지 않아"라는 이유로 "그런 자식은 차버려!"라는 말을 들어본 적이 있는가?

1. 나는 ＿＿＿＿＿＿＿＿＿＿ 기 때문에 내 형제가 내 남자친구를 어떻게 생각하는지를 신경 쓴다.

2. 나는 ＿＿＿＿＿＿＿＿＿ 때문에 내 남자친구가 나의 가족들과 잘 어울리는 것이 중요하다고 생각한다.

3. 데이트에 관해서 내 형제들과 비교해본다면, 늘 나만 ＿＿＿＿＿ 다.

4. 내 형제들은 나의 데이트 라이프를 ＿＿＿＿＿＿ 라고 설명할 것이다.

5. 내 형제가 내게 해준 최고의 조언은 ＿＿＿＿＿＿＿＿ 이다. 왜냐하면 내가 ＿＿＿＿＿＿＿＿＿＿ 할 수 있다는 것을 보여주었기 때문이다.

미디어는 생각보다 당신의 데이트 자세에 많은 영향을 미친다. 우리는 이 주제에 꽤 많은 시간을 할애하려고 한다. 또 몇 가지 짜증나는 문제들도 논의할 것이다. 미디어는 사랑과 데이트, 그리고 섹스에 대한 당신의 믿음에 매우 강한 영향을 주기 때문이다.

할리우드 스타들의 유명한 연애담은 많은 여성들이 무의식적으로 따르고 싶어 하는 모델이 되어왔다. 게다가 우리는 무엇이 섹시하고 어떤 향수가 남자들을 달아오르게 만드는지를 가르쳐주는 어마어마한 양의 광고들의 폭격을 지속적으로 받아오고 있다. 이런 모순되는 정보의 출처는 그 무엇보다도 거짓된 것이며 상당히 위험하다.

미디어는 당신에게 데이트에 대한 긍정적인 인상을 심어준다. 텔레비전이나 영화에서 어떤 일이 일어나는지 보여주기 때문이다. 당신은 사람들이 사랑에 빠질 때 그들이 어떤 모습인지, 얼마나 쉽게 서로를 찾아내는지 봐왔다. 이런 줄거리의 영화들을 얼마나 많이 봤는가? 첫눈에 사랑에 빠지고 중대한 오해를 낳는 작은 사건이 생기고, 마지막에는 서로를 진심으로 사랑한다는 것을 확인한다. 그리고 그들은 영원히 행복하게 살았다.

하지만 현실은 그렇게 호락호락하지 않다. 미디어는 사랑과 행복에 대한 당신의 통찰력을 붕괴시켰고, 결국 당신은 데이트에 대해 부정적인 자세를 갖게 된 것이다. 그러면서도 여전히 영화나 텔레비전, 잡지, 소설, 라디오 토크쇼, 그리고 화려한 노을을 뒤로 하고 서로를 유혹하는 눈빛으로 바라보는 섹시한 커플들이 나오는 온갖 광고판들을 즐긴다. 사실 이런 것들은 재미도 있고 짜릿하며 웃기기까지 하다. 게다가 사랑에 빠지는 것이 정말 쉬울 수도 있다고 믿게 한다. 이것이 바로 미디어가 위험한 이유다. 미디어는 당신이 현실이기를 절박하게 바라는 거대한 데이트 미신을 그럴 듯하게 재현한다.

미디어가 당신의 데이트 자세에 얼마나 비현실적인 메시지를 심어주고 있는지를 깨닫기 바란다. 가십 매거진이 과장되고 종종 거짓이 섞여 있다는 것을 충분히 알면서도 당신의 잠재의식 속에는 자신도 모르는 사이에 기대감이 형성되고 있다. 그리고 데이트의 경험이 그런 기대에 미치지 못할 때 당신은 심각한 실망과 MFDA 때문에 고통 받을 것이다. 그런 실망은 부정적인 자세를 지속적으로 강화시킨다.

1. 내가 매체에서 본 가장 강력한 데이트에 대한 메시지는 남자와 성공적인 결말을 위해서 내가 ___________________ 야 한다고 했다.

2. 내가 매체에서 본 가장 강력한 사랑에 대한 메시지는 내게 사랑은 _____________ 라는 것이었다.

3. 내가 매체에서 본 가장 강력한 관계에 대한 메시지는 내게 모든 성공적인 관계는 _____________ 와 관계있다고 했다.

4. 내가 매체에서 본 가장 강력한 섹스에 대한 메시지는 ___________________ 라는 것이었다.

당신은 미디어로부터 데이트와 사랑, 연인관계에 대해서 배웠다. 뿐만 아니라 대부분의 성교육을 캐리 브래드쇼나 브리짓 존스, 모니카와 레이첼로부터 배웠을 것이다. 이 이름들이 익숙한가? 이 캐릭터들의 데이트는 보통 영양가 있는 연인관계로 이어지지 않는 가벼운 섹스가 대부분이다. 기억이 가물가물하다면 케이블에서 하는 〈섹스 앤 더 시티〉나 〈프렌즈〉의 재방송을 보라.

미디어는 남녀의 성에 대한 거짓된 이미지들로 넘쳐나며, 섹스와 사랑에 대한 당신의 믿음은 지금까지 봐왔던 그런 이미지들이 만든 것이다. 물론 이를 피할 방법은 없다. 당신은 아마 은은한 조명과 끈적한 음악이 흐르는 정열적인 러브씬이 나오는 영화를 열 편은 말할 수 있을 것이다. 그것도 10초 안에.

그 영화들은 섹스의 두 가지 특징을 보여준다. 서로에게 끌리는 낯선 사람들이나 얼굴만 알고 지내는 사람들 사이에서 충동적으로 일어나는, 죄책감 없이 즐기는 가벼운 섹스, 그리고 고급 레스토랑에서의 저녁식사 후에 촛불이 켜진 방에서 이루어지는 로맨틱한 섹스가 그것이다. 가끔은 럭셔리한 휴가에서 찾아볼 수도 있다. 또한 부드럽고 사랑스러우면서도 때로는 아주 정열적이다. 〈배첼러〉의 모든 에피소드를 보라. 그런 5분 동안의 로맨스는 바로 결혼으로 이어진다. 그리고 눈 깜짝할 사이에 쇼는 끝나버린다.

섹스 앤 더 미디어

미디어로부터 얻은 섹스에 대한 구체적인 이미지는 어떤 것인가?

1. 이국적인 장소에서 순식간에 로맨스에 빠져 결혼하는 것은 ___________ 라고 생각된다.

2. 나는 〈배첼러〉, 혹은 다른 리얼리티 프로그램에서 남자를 두고 경쟁하는 여성들을 보면서 ______________________ 고 생각한다.

3. 미디어로부터 섹스에 대해서 배운 내용 중에서 가장 중요한 것은 ____________________ 이다.

4. 영화에서 보통 섹스는 _____________ 때 하는 것 같다.

5. 텔레비전에서 본 것과 비교해서, 내 선택이 옳았다고 생각한다. 나는 ___________ 고, 섹스는 ______________ 라고 믿기 때문이다.

6. 텔레비전에서 본 것과 비교해서, 나는 내가 _________ 기 때문에 기분이 나쁘다.

이제 아래 빈 칸들에 자신이 원하는 스타들의 이름을 적어보자.

나는 내가 ___________ 처럼 생기면 좋겠다.

나는 내가 ___________ 처럼 옷을 입고 싶다.

나는 내가 ___________ 처럼 되고 싶다.

나는 내가 ___________ 처럼 데이트하고 싶다.

나는 ___________ 같은 남편이 있었으면 좋겠다.

잡초 구분법

사랑의 정원에 있는 것 중에, 데이트에 대한 부정적이고 새로운 연인을 만나는 것을 방해하는 모든 제한적인 생각이 바로 잡초다. 세상 모든 정원사들은 해로운 잡초들을 제대로 관리하지 않으면 아름다운 정원을 완전히 망쳐버릴 수도 있다고 충고한다. 잡초가 예쁘지 않아서가 아니다. 어떤 잡초들은 마치 꽃처럼 예쁘게 생겼다. 하지만 그들은 당신의 씨앗과 햇빛, 수분, 영양분, 또 뿌리를 내릴 토양을 두고 경쟁할 것이다.

잡초, 냉정하고 과감하게 뽑아버리기

연애를 하다 보면 온갖 종류의 잡초들이 고개를 내밀기 마련이다. 이 때 가장 먼저 할 일은 잡초를 구별하고 그것이 어떤 종류인지를 판별하는 것이다. 잡초를 찾아냈다면 어떻게 없애야 할까?

잡초를 없애기 위한 방법에는 여러 가지가 있다. 보이는 것만 뽑으면 부정적인 생각이 잠시 사라질 뿐이다. 뿌리가 살아있기 때문에 다시 돌아온다. 만일 어떤 특정한 믿음이 당신을 제한한다면, 그것이 튀어나오는 시기를 잘 포착하라. 혹은 그 생각 때문에 부정적인 행동을 하는지도 알아보자. 마치 그 잡초를 정원에 기르는 것처럼 잘 살핀다면, 당신이 부정적인 생각으로 그 잡초에 양분을 공급한다는 것을 깨닫게 될 것이다. 그런 생각들이 떠오르는 것이 어떤 상황 때문인지를 정확하게 판단해야 그 잡초들을 영원히 없애버릴 수 있다.

하지만 그런 잡초들은 만만한 상대가 아니다. 그들은 언제든지 다시 자랄 수 있는 뿌리를 갖고 있다. 잡초를 뿌리 채 뽑기 위해서는 그들이 어디

아래의 문장들에 '예/아니오'로 답해보자. 그리고 점수를 매겨서 자신에게 잡초가 얼마나 있는지 알아보자.

1. 나는 _______ 만큼 멋진 남자를 만나지 못할 것이다(그동안 만났던 남자 중에 한 명을 고르라).

2. 이 도시에는 괜찮은 남자가 하나도 없다.

3. 나는 남자를 만나고 결혼하기에는 너무 나이가 많다.

4. 생물학적 시간이 얼마 없기 때문에 빨리 누군가를 만나야 한다.

5. 데이트는 재미가 없다.

6. 내가 더 예뻤다면 나는 데이트하는 데 별 어려움이 없었을 것이다.

7. 내가 부자거나 유명했다면 누군가를 만나는 것이 더 쉬웠을 것이다.

8. 남자들은 나에게 겁을 먹는다.

9. 나는 누군가를 사귈 시간이 없다.

10. 나는 외출을 해도 아무도 만나지 못한다.

11. 나에게는 아이가 있기 때문에 데이트를 할 수 없다.

12. 나는 누군가와 데이트하고 싶다면 만난 지 오 분 안에 데이트 신청을 할 수 있다.

13. 데이트가 힘들어서는 안 된다. 데이트는 쉽고 자연스러워야 한다.

14. 나는 늘 나쁜 남자에게 끌린다.

15. 연인관계만 생각하면 숨이 막힌다.

16. 이 사람이 나의 마지막 섹스 파트너라는 것은 말도 안 된다.

17. 나는 연인에게서 늘 잘못된 점을 찾는다.

18. 나는 친구들이 싫어하는 사람과는 데이트할 생각이 없다.

19. 나는 내 친구들과 잘 어울리지 못하는 사람과는 데이트하기 힘들 것이다.

20. 내 친구들은 나를 잘 알기 때문에 그들이 나와 어울리지 않는다고 하는 남자와는 사귀지 않을 것이다.

21. 내 형제들이 싫어하는 사람과는 만나기 힘들 것이다.

22. 내 어머니가 바라는 스타일이 아닌 남자와 데이트하는 것은 생각하기 힘들다.

23. 내 아버지가 바라는 스타일이 아닌 남자와 데이트하는 것은 생각하기 힘들다.

24. 새로운 남자를 만날 때 처음 하는 생각은 '부모님이 그를 좋아할까?' 이다.

25. 나는 내 타입만 만난다.

26. 난 아버지 같은 남자와는 절대 데이트하지 않을 것이다.

27. 난 아버지와 꼭 같은 남자를 만나고 싶다.

'예' 라고 답한 개수가 1~9개 사이라면 : 뽑아야 하는 잡초가 몇 개 있긴 하지만 누군가를 사귈 준비가 확실히 되어 있다.

'예' 라고 답한 개수가 10~18개 사이라면 : 잡초를 뽑는 데 시간을 투자해야 한다. 당신의 토양은 곧 씨를 뿌릴 준비가 되겠지만 아직은 아니다.

에 있는지 확실히 알아야 한다.

당신이 이런 생각을 하는 순간을 알아차리자. '그가 전화하지 않은 걸 보니 날 좋아하지 않는 게 분명해. 세상에 날 사랑해줄 사람은 아무도 없어.' 이 생각이 정말 진실이라는 판단을 내리기 위한 충분한 정보를 모으지 못했다면, 이것이 바로 당신의 잡초인 것이다.

또 그와 헤어져야 한다는 것을 아는데도 당신에게 함부로 대하는 남자를 계속 만나고 있다면, 잡초는 그가 아니다. 그가 당신의 인생에 붙어있도록 놔두는 당신의 생각이 바로 잡초다.

줄리의 잡초를 한번 살펴보자. 줄리의 옛 남자친구는 그의 전 여자친구와 바람을 폈다. 줄리는 너무 충격을 받았고 그와 헤어졌다. 다음에 만난 남자는 전 여자친구를 '그냥 친구'로 생각해서 가끔 만나서 커피를 마셨는데, 줄리는 이를 의심했다. 그녀는 그에게 전 여자친구를 다시는 만나지 말라고 엄중히 경고했다. 자신의 잡초에 양분, 부정적이고 파괴적인 생각들을 준 것이다. 줄리는 그가 전 여자친구와 다시 합칠 생각이 없다고 설명하는데도 자신이 맞다고 확신했다. 바로 그녀의 MFDA 때문이었다. 결국 줄리의 남자친구는 그녀가 자신을 믿지 못한다는 사실을 견디지 못하고 그녀를 떠났다. 줄리는 MFDA 때문에 너무 큰 대가를 치른 것이다.

잡초를 모두 뽑아버렸다 해도 자칫 주의를 소홀히 하면 잡초는 곧 다시 고개를 들 것이다. 잡초를 예방하려면 잡초를 인식하고 있는 것만으로는 부족하다. 잡초들이 다시 싹을 틔우는지 지속적으로 감시해야 한다. 보이는 것을 뽑아내고 나서도, 땅을 파헤치고 또 파헤쳐야 한다. 계속 이 방법을 반복하면 잡초는 더 이상 자라나지 않을 것이다. 잡초가 자라는 주기를 깨고 MFDA의 패턴을 없앤다면, 당신의 정원은 언젠가 그로부터 자유로워질 것이다.

그럼 다시 줄리의 이야기로 돌아가자. 줄리는 옛 남자친구가 바람을 폈다고 해서 항상 전 여자친구들에게서 위협을 느낀 것은 아니다. 하지만 그가 전 여자친구와 영화를 보러간다고 하면 질투로 고통 받았다. 그렇다, 줄리는 남자친구에게 속은 과거 때문에 자신의 정원에 잡초가 뿌리내리도록 한 것이다.

만일 당신이 누군가를 사귀기 시작한다면, 또 내면에서 사랑의 일곱 가지 요소를 가꾸기 시작했다면 잡초가 당신의 목을 조르기 전에 없애 버려야 한다. 그에게 어떤 말을 하기 전에 왜 그렇게 느끼는지를 생각해보자.

잡초를 완전히 근절하기 위해서는 잡초에 대해 자세히 알아보는 것이 필요하다. 예를 들어 "세상에는 괜찮은 남자가 없어."는 말도 안 된다. 당신이 네 살짜리 아이가 있는 싱글맘이기 때문에 아무도 당신과 데이트하지 않을 것이란 생각도 마찬가지다. 세상에 불가능이란 없다. 부정적인 생각은 당신이 믿을 때에만 현실이 된다. 이제는 마음가짐을 바꾸고 잡초를 뽑아버리자.

잡초가 당신을 죄어온다면 다음 문장을 생각하라. "정말 그게 가능할까?” 그게 정말 효과가 있을까? 그렇다! 당신을 억제하는 생각들을 없애버리고 가능성에 눈을 돌려보자. 물론 저 질문의 대답은 항상 “그렇다”이다. 당신이 아니라고 결정하기 전까지는 모든 것이 가능하기 때문이다.

예를 들어 그가 어젯밤에 전화하겠다고 해놓고 하지 않았다면, 그가 다른 여성과 만나고 있다고 생각하는 잡초가 생길지도 모른다. 하지만 이런 생각이 자라기 전에 잡초를 뽑는다면 다른 해석도 가능할 것이다. 그는 그저 야근을 하고 있을 수도 있다. 혹은 예상치 못한 일이 생겼을 수도 있다. 하지만 3일 안에 당신을 만나고 싶어서 전화를 할 것이다. 그렇다! 이는 실제로 가능한 일이다. 그러니 잡초에 휘둘리지 말고 가능성을 믿어야 한다.

잡초는 당신의 데이트 자세에 부정적인 영향을 줄 뿐만 아니라, 삶을 대하는 태도 자체에 영향을 미친다. 잡초를 뽑으면 최악의 경우를 방지할 수 있고, 더 행복한 사람이 될 것이다.

자신의 생각에 다시 집중하고 잡초를 없애는 방법을 알아보자.

잡초: 세상에는 괜찮은 남자가 없어.

가능성: 괜찮은 남자를 만날 가능성이 있을까? 물론이다. 당연히 가능하다. 당신은 세상의 모든 남자를 알지 못하고, 저기 어딘가에 괜찮은 남자가 있을 수도 있다. 그렇지 않은가?

잡초: 난 전 남자친구만큼 괜찮은 남자를 만나지 못할 거야.

가능성: 어찌 됐든 그는 당신의 옛 사랑이다. 당신의 데이트 라이프를 알

려주는 경험에서 배울 점이 없었나? 그렇다. 당신은 옛 남자친구보다 더 괜찮은 남자를 만날 수 있다!

잡초: 첫 번째 데이트는 정말 좋았는데, 일주일이 지나도 그에게서 전화가 없어. 그는 날 싫어해. 절대 전화하지 않을 거야.

가능성: 대신 이렇게 생각해보자. 어쩌면 그는 출장을 갔거나 너무 바빠서 이번 주에 시간이 없을지도 모른다. 그의 스케줄도 모르고 아직 어떤 사람인지도 모르지 않은가. 그냥 다시 전화가 오는지 한번 기다려보자.

데이트와 사랑, 섹스 그리고 진정한 연인관계를 맞이할 준비가 되었다는 것을 어떻게 확인할까? 만일 당신이 곧 만나게 될 잠재적인 로맨스를 기다리고 있다면 준비가 된 것이다. 잡초를 알아보고 뽑기 시작했다면, 첫인상만으로 남자를 판단하지 않는다면 준비가 된 것이다.

당신의 불완전함을 메워줄 누군가를 찾지 말고 자신의 완전함을 느끼기 바란다. 남자에게 의존하는 것이 아닌, 그와 인생을 공유할 수 있다고 느낀다면 사랑을 시작할 준비가 된 것이다. 혼자서도 충분히 행복하지만, 괜찮은 남자를 만난다면 언제든 그와 사랑을 시작할 수 있다고 생각한다면 당신은 진정으로 준비가 된 것이다.

SW방법론의 다음 단계로 넘어가기 전에, 혹시라도 아직 정원에 잡초가 있다면 다시 복습하고 퀴즈를 풀면서 기초를 좀 더 닦기 바란다. SW방법론은 각 단계를 확실히 완수하고 뒤로 넘어가는 것이 무엇보다 중요하다.

자, 기초를 완성한 것을 축하한다! 물론 이제 시작이지만. 땅을 갈아엎

당신의 로맨스에 관한 잘못된 정의

당신의 데이트 자세가 다음과 같은 생각들을 하게 만들었는가?

⊙ 데이트는 쉽고 평탄하며 언제나 즐거워야한다. 노력을 들일 필요가 없어야 한다.

⊙ 사랑을 찾으려고 노력할 필요는 없다. 사랑이 날 찾아올 것이고 난 첫눈에 알아볼 테니까!

⊙ 나와 완벽하게 맞는 남자가 언젠가 나타날 것이다. 그러니 굳이 데이트에 힘쓸 필요는 없다.

⊙ 이 나이에 무슨 데이트?

⊙ 진정한 사랑은 인생에 딱 한번 온다. 그런데 왜 데이트를 하나?

⊙ 외출하는 것도 힘들고 누군가를 만나는 것도 불가능하다. 뭔가 익숙한 것에 정착하는 것이 훨씬 쉽다. 예전 남자친구처럼.

는 것은 쉬운 일이 아니다. 많은 사람들은 자신의 어두운 면을 맞닥뜨리는 것을 무서워하기 때문에 그 두려움이 자신을 지배하도록 내버려둔다.

만일 아직 불안정하고 때때로 불안함을 느낀다면, 계속해서 땅을 고르고 데이트 자세를 재정립하도록 하자. 그러면 언젠가 그 두려움은 사라지고 그에 맞설 용기가 생길 것이다.

잡초를 뽑는다면 당신의 토양은 보다 비옥해질 것이고, 다음 단계로 넘어가 가능성이 있는 씨앗을 찾을 수 있을 것이다.

남자를 만날 수 있는 공간을 적극 활용하자

SW방법론 : 씨앗 모으기
자신을 드러내고 적극적으로 자신에게 맞는
이상형을 찾자

이제 기초를 닦고 당신이 어떤 씨앗을 모으고 싶은지 결정했으니, 행동에 옮길 시간이 왔다. 이번 단계에서는 드디어 진짜 데이트가 시작된다. 공식적으로 밖으로 나가 남자를 만날 준비를 끝낸 것이다!

데이트를 시작하기로 했으니, 이상형 체크리스트는 필수다. 하지만 이것은 그저 당신이 바른 길에서 벗어나지 않게 지켜주는 것뿐임을 명심하자. 이는 이상형에게 바라는 자질을 지속적으로 상기시키기 위해 만들어진 것이다. 그러므로 시간이 날 때마다 틈틈이 리스트를 보도록 하자. 어떤 여성들은 진정한 가능성을 가진 남자가 나타나기를 기다리는 동안, 한쪽으로는 잘생긴 남자를 만나도 된다고 생각한다. 하지만 이는 별로 바람직한 자세가 아니다. 데이트를 하려는 당신의 목적에만 집중하자.

당신이 유연한 태도로 새로운 가능성에 마음을 열고 주위를 둘러보며 스스로의 개성으로 남자를 유혹하려고 한다면 그 상황을 지배하는 사람은 당신이다. 언제나 의식적으로 올바른 선택을 하기 때문이다.

오늘부터 당신은 바에서 그저 서서 누군가가 데려가기를 기다리거나 선택받지 못하는 것이 두려워서 밖으로 나가지도 못하는 여성이 아니다. 당신은 '선택을 하는' 사람이다. 스스로를 어떤 위치에 둘 것인지를 배우고, 남자들에게 당신에게 다가와도 좋다는, 또 다가와야 한다는 것을 알려주는 방법을 배울 것이다.

대부분의 사람들이 자신의 이상형은 공통의 관심사를 가진 사람이라고 말한다. 당신은 아마 어떤 관계에서 같은 취미를 가지고 있다는 이유로 '천생연분'이라고 여긴 적이 있을 것이다. 이런 것들은 사실 많은 사람이 공통적으로 가질 수 있는 표면적인 특성일 뿐이다. 그런 것들이 그를 당신과 완벽하게 잘 맞는 남자로 만들어주지는 않는다.

해변에서 스쿠버 다이빙을 하며 주말의 대부분을 보내는 남성이 있었다. 그는 마침내 다이빙을 좋아하는 여성을 만났고 데이트를 시작했다. 처음에는 둘이 즐거운 시간을 보냈지만, 그는 곧 그녀가 공격적이라는 것을 알게 되었다. 반면에 그는 초연한 스타일이었다. 그녀는 자유주의자였지만 그는 보수적인 타입이었고, 그가 아이를 좋아하는 반면 그녀는 아이를 싫어했다. 이런 것을 일일이 열거하자면 한두 가지가 아니다. 둘의 취미가 많은 부분에서 일치하고 함께 좋은 시간을 즐기기에 더없이 좋았지만 그들이 사랑에 빠진 한 쌍이 되기에는 부족했다.

남자는 결국 완전히 집안에만 있는 타입의 내성적인 작가를 만나 사랑에 빠졌다. 하지만 그녀는 도전을 두려워하지 않고 데이트를 시작하면서 스쿠버 다이빙을 배우기로 결심했다. 그들은 벌써 결혼한 지 6년째 되었고 귀여운 아들 둘을 두고 있다. 여기서 알 수 있듯이 같은 취미가 하늘에서 정해준 한 쌍이라는 것을 보장하는 것은 아니다.

남자에게 바라는 특정한 자질을 찾는 것이 가장 중요하다는 것을 명심하기 바란다. 하지만 그가 정말 그런 자질을 갖고 있는지 확신하기는 힘들다. 당신의 환상이 데이트 단계의 발전을 방해하도록 놔두지 말자. 또 사랑의 정원을 위한 일곱 가지 요소들, 즉 인내심, 융통성, 신비로움, 선, 정보, 감정적 포용력, 그리고 신뢰를 지속적으로 가꾸어야 한다는 것도 잊지 말자.

만일 어제 소개팅한 남자가 당신과 커피를 마신 것이 즐거웠다고 전화했다고 하자. 여기서 무엇을 알 수 있을까? 근사한 저녁 식사가 아니라 커피를 마셨기 때문에 그는 짠돌이다? 여성들은 아주 단순한 행동 하나로 그 사람에 대한 소설을 써내려 가는 경향이 있다. 여기서 주목할 것은 그가 전화를 했다는 것이다.

그럼 그는 어떤 사람일까? 지금은 알 수가 없다. 사실 지금 알 수 있는 전부는 그가 예의 바르고 섹시하며, 전화를 걸 줄 안다는 것밖에 없다. 그에 대해 이성적이고 제대로 된 판단을 내리려면 더 많은 시간을 함께 보내야 한다.

우리는 지금이 씨앗을 모으는 단계이기 때문에 이런 이야기를 하는 것이다. 물론 빨리 다음 단계로 넘어가고 싶을 것이다. 하지만 명심하자. 당신은 지금 그에 대한 피상적이고 표면적인 정보만을 알고 있다. 그에 대해 좀 더 조사해 볼 필요가 있다.

온라인 데이트 사이트 활용법

최근에는 미혼 남녀들이 사랑을 찾기 위해 클럽이나 바가 아닌 인터넷 사이트로 발걸음을 돌리고 있다. 우리는 실망이나 상처는 가능한 줄이고, 인터넷 사이트를 효과적으로 이용하는 방법에 대한 질문을 계속 받아왔다. 온라인을 통해 데이트를 하거나 인터넷 커뮤니티 사이트에서 사람을 만나는 것은 이제 너무나 보편적이기 때문에 우리는 이 점에 대해 중점적으로 다루려고 한다.

많은 여성들이 이메일과 메신저, 채팅룸 등에서 남자들과 이야기를 나누고 있다. 실제로 그들은 자신이 좋은 씨앗을 모으고 있다고 생각한다. 그런데 막상 그 남성들을 실제로 만나보면 이야기가 달라진다. 그는 보내준 사진과는 전혀 닮지 않았으며 더 나이가 많고 뚱뚱하고 키도 작다. 혹은 사실은 변호사가 아니라는 것을 재빨리 인정하기도 한다. 이런 경험이 있는 여성들은 그 데이트가 매우 실망스러웠으며, 아예 데이트 자체를 포기하고 싶다고까지 얘기한다. 하지만 인터넷은 잘만 사용하면 사랑을 찾는 매우 훌륭한 방법이 될 수 있다.

물론 그런 데이트 사이트에는 가짜 정보들이 있을 수 있으니 늘 조심해야 한다. 예를 들어 당신이 온라인에서 누군가를 만났는데 그가 정말 괜찮다고 생각했다. 그래서 그와의 관계를 발전시키기 위해 메신저와 이메일, 전화통화를 통해 연락을 주고받았다. 하지만 당신은 그를 직접 만나고 그와 시간을 보내기 전에는 그 씨앗이 정말 가치가 있는지 알지 못한다. 그가 자신의 모습을 드러내야만 알 수 있는 것이다. 그렇지 않다면 당신이 경험한 것은 거짓된 친밀함이고 당신이 가깝다고 느끼는 그 사람은 사실 낯선 사람이다. 누군가가 자신에 대해 말하는 것들은 곧이곧대로 믿어서는 안 된다.

누군가를 온라인에서 만난다는 것은 그저 씨앗을 모으는 한 방법일 뿐이라는 것을 잊지 말자. 온라인은 괜찮을 수도 있고, 아닐 수도 있다. 물론 선입견을 가지지 않고 이 방법에 접근하면 좋은 성과를 거둘 수도 있다.

이제 발전 가능성 있는 씨앗을 모으기 위한 완벽한 지침을 배울 차례다. 데이트 사이트에 프로필을 쓸 때 무엇을 쓰고 무엇을 쓰지 말아야 하는지부터 시작하자.

대화명은 평범하게

우선 웹에서 쓸 대화명을 정해야 한다. 온라인 데이트 사이트를 훑어보면 당신은 흥미로운 대화명들을 발견할 수 있다. 대화명을 정할 때는 다른 사람들에게 생소하지 않으면서 자신을 나타낼 수 있는 것을 선택하자.

예를 들면 '파멜라_존'은 무슨 뜻일까? 어쩌면 '존'과 그의 친구 사이에 하는 농담일지도 모른다. 하지만 여전히 헷갈린다. 우리는 '백마 탄 왕자님'이라는 대화명을 사용하는 남자와 '섹시녀69'라는 대화명을 사용하는 여성을 본 적도 있다. 둘 다 정말 어처구니가 없다!

여성들은 쉽게 몸을 허락하는 것처럼 보이는 대화명을 쓰면 안 된다. 남자들은 여기에 흥미를 가진다. 물론, 그저 섹스만을 원하는 남자들만 그렇다.

대화명을 정하는 데 너무 고민할 필요는 없다. 그냥 간단하게 생각하면 된다. 사실 본명을 쓰는 것도 좋다. 이름에 숫자 등을 함께 쓰면 된다. 이제 당신은 사려 깊고 정직하게 자신을 드러낸 것이다. 재치 있거나 튀는 대화명을 만들기 위해 애쓸 필요도 없다. 그냥 '샐리972'면 충분하다.

◐ 나이를 속이지 마라

나이는 절대 속여선 안 된다. 이는 아이를 낳고 싶어 하는 40대 남성들이나 혹은 그저 더 어린 여성과 만나고 싶어 하는 남자들이 쓰는 수법이다. 그런 남성들은 실제 나이를 쓰는 대신 몇 살을 깎고서는 두 번째 서른 살을 맞이한다.

마흔 살의 남자가 스물아홉 살짜리 여성을 만나기로 했다. 그는 자신의 새 벤츠를 타고서 그녀를 만날 때까지 진실을 얘기하지 않을 작정이었다. 하지만 그렇게 거짓말을 하는 것이 과연 효과가 있을까? 오히려 진짜 나이를 공개하고 프로필에 자기보다 더 어린 여성을 만나고 싶다고 적는 것이 훨씬 효과적이다.

자신의 나이에 솔직해지자. 거짓말 위에 쌓은 성은 금방 무너지는 법이다. 서른 살의 여성 한 명이 온라인에서 남자를 만났다. 그녀는 그가 서른다섯이라고 알고 있었다. 하지만 둘이 스타벅스에서 만났을 때, 그녀는 그 서른다섯 살짜리 남자가 실제로는 쉰 살이라는 것을 알게 되었다. 그는 아무렇지도 않게 웃으면서 "나이는 숫자일 뿐"이라고 말했다고 한다. 하지만 그 아무 의미 없는 숫자가 그녀에게는 굉장히 중요한 것이었다. 다시는 그를 아는 척도 하지 않았다.

제발 마음에 드는 그 남자가 당신의 실제 나이를 나중에서야 알게 된다해도, 별로 기분 나쁘지 않을 거라고 생각하지 말자. 그는 이미 당신의 사진을 보고 당신이 맘에 들어서 나온 것이다. 정직하게 나이를 밝힌다고해도 그는 여전히 당신이 멋진 여성이라고 생각할 것이다.

◑ 키와 몸무게 공개하기

나이를 솔직하게 공개한 것처럼 키와 몸무게, 사진 등을 속여서도 안 된다. 제발 고등학교 졸업사진이나 몸무게가 48킬로그램이었을 때 찍은 비키니 사진을 올리지 마라. 만날 약속을 할 만한 남성에게는 미리 최근에 찍은 사진 두 장을 보여주자. 얼굴이 제대로 나온 사진과 전신사진이 필요하다. 어두운 곳이나 그늘진 곳에서 찍은 사진은 좀 곤란할 것 같다.

반드시 혼자 찍은 사진이어야 한다. 친구나 아는 남자와 찍은 사진은 안된다. 이런 사진은 "이것 봐봐, 남자들은 날 좋아한다니까"를 뜻하는 것은 아니다. 오히려 당신의 프로필을 본 남자들이 왜 당신이 남자와 함께 있는지 궁금해 하고 이상하게 생각하도록 만든다.

또 당신을 너무 드러내는 사진을 올려서도 안 된다. 가슴을 드러내거나 다른 은밀한 부위를 보여줄 필요는 없다. 그러면 오히려 진지한 관계가 아닌 섹스만을 원하는 남자들이 달려들 것이다.

또한 셀카 사진도 좋지 않다. 무시무시하게 보이거나 별로 매력적이지도 않은 과도한 클로즈업 사진도 안 된다.

많은 데이트 사이트들이 당신의 정확한 신체 사이즈를 요구한다. 하지만 우리는 이런 정보를 꼭 써야 한다고는 생각지 않는다. 잘 나온 최근 사진을 올렸다면, 당신의 키와 몸무게는 추측 가능하다. 몸매를 표현할 때는 정확하고 부담스럽지 않은 단어를 선택하자. 날씬한, 운동선수 스타일 혹은 통통한 편 등의 말을 쓰면 된다. 그렇다고 해서 몸매에 관한 칸을 비워 두지는 말자. 대부분의 남자들이 당신이 뚱뚱할 것이라고 오해할 수도 있으니 말이다.

● 자기소개는 솔직하게

자기소개는 무엇을 쓸지 충분히 생각하고 써야 한다. 그리고 귀에 딱지가 앉을지도 모르지만, 솔직하게 쓰자! 많은 사람들이 진실에 근거한 거짓말을 한다. 자신의 특징을 과장하고 자기에 대해 자랑할 만한 이야기만 쓰는 것이다. 이런 것들이 멋진 남자를 만날 수 있게 해줄 거라고 생각하지 마라.

거짓말은 당신을 정말 궁지로 몰아넣을 것이다. 당신이 정말 끝내주는 남자를 만났다고 해보자. 하지만 그가 당신에 대해 가장 먼저 알게 되는 사실은, 당신이 거짓말쟁이라는 것이다. 그는 결국에 당신이 음반 작업을 한 경험이 있는 미인대회 출신도 아니고, 연예 기획사에 소속된 얼짱 출신도 아니란 것을 알게 될 것이다. 만일 당신이 진지한 관계를 찾고 있다면 진실을 말해야 한다. 또 어딘가에 있는 당신의 인연은 진짜 당신을 만나고 싶어 한다는 것도 알아야 한다.

자신의 진짜 모습이 아닌, 자신이 원하는 이상향에 대해 적은 사람들의 불행은 실제 데이트에 나가는 사람은 상상 속의 그 사람이 아니라는 것이다. 이런 낚시는 첫 만남에서 끝장을 보게 된다. 그러니 꼭 사실에만 충실해서 부끄러운 순간을 맞이하는 일이 없도록 하자.

당신의 프로필의 목적은 멋지고 섹시하게 보이는 것도, 완벽한 여성의 환상을 재현하는 것도 아니다. 언젠가 사업을 하고 싶어 한다고 해서 벌써 사업을 하고 있다고 써서도 안 된다.

많은 데이트 사이트는 퀴즈 같은 질문들을 한다. 예를 들어 "당신은 충동적이고 모험을 즐기나요? 당신은 따뜻하고 친절한 타입인가요?" 등이다. 우리는 이런 "예, 아니오" 방식의 문제들을 정말 싫어한다. 아무 의미가 없기 때문이다. 누가 "아니요. 나는 전혀 친절하지 않아요. 난 정말 재수 없는 놈이에요!"라고 쓰겠는가?

다른 사람의 프로필을 읽을 때 따뜻한, 친절한, 사려 깊은 등의 단어에 유의하라. 이런 특성들은 그 사람을 제대로 알고 나서, 시간이 흐름에 따라 알게 되는 것들이기 때문이다. 모든 사람들은 자신이 사랑스럽고 다정하다고 믿는다. 하지만 이런 것들은 실제 상황이 닥치지 않고서는 알 수 없는 특성들이다.

한 남성은 자신이 원하는 이상형을 만나기 위해 거짓 프로필을 만들었다. 그는 하이킹을 좋아하기 때문에, 함께 자연을 즐길 여성을 찾는다고 썼다. 하지만 사실 그는 주말 대부분을 숲이 아닌 TV 앞에서 보낸다. 우리는 그에게 왜 하이킹을 시작하지 않느냐고 물었다. 또 하이킹을 하면서 맘에 드는 이성을 만날 수 있을 거란 말도 했다. 우리의 물음에 그는 "전 좋은 여성을 만나는 것이 먼저라고 생각해요. 그리고는 같이 하이킹을 해야죠. 누군가 제게 하이킹을 할 동기를 주지 않는다면 전 계속 소파에 눌러 앉아 있을 거예요." 웁스! 정말 좋지 않은 태도다.

🟠 소득보다는 직업

많은 사이트들이 당신의 수입을 물을 것이다. 경제력을 기준으로 누군가를 만나려는 생각은 별로 바람직하지 못하다. 그냥 대답하지 말고 넘어가라. 어차피 당신은 직업을 밝힐 것이기 때문에, 그 직업을 바탕으로 당신의 소득을 추정할 수 있다. 단, 직업을 속이거나 언젠가 하고 싶은 일을 지금 하고 있다고 쓰지는 말자. 이는 끔찍한 결과를 낳을 수도 있다.

〈섹스 앤 더 시티〉에서 미란다가 승무원이라고 속이고 의사와 데이트 했던 에피소드를 기억하는가? 사실 미란다는 변호사였고 의사라던 그 남자는 스포츠 용품 가게에서 일하는 사람이었다. 결과는 안 봐도 뻔하다.

🟠 종교는 밝히자

자신의 종교에 대해서 솔직하게 밝히자. 다른 믿음을 가진 사람을 만날 생각이 없다면 빈 칸으로 남겨두어서는 안 된다. 당신에게 관심이 있는 무신론자가 자신의 시간을 낭비할 수도 있기 때문이다. 이는 매우 민감한 문제이기 때문에, 많은 사람들이 중요하게 생각한다. 그러므로 꼭 솔직하고 명확하게 밝히기 바란다.

● 프로필 세탁은 금물

많은 사이트들이 몇 페이지에 걸친 특성 리스트를 주고 자신을 가장 잘 나타내는 것을 체크하라고 한다. 이런 리스트들은 별로 실효성이 없다. 또 어떤 사이트들은 상반된 특성을 주면서 당신에게 맞는 것을 고르라고 한다. 예를 들어, "당신은 내성적인가요, 외향적인가요?" 이런 식이다. 하지만 많은 사람들이 솔직하게 답하는 대신 더 좋아 보이려고 거짓말을 한다. 사실 그런 리스트로 당신의 모든 성격을 정확하게 나타내는 것도 불가능하다.

스스로 충동적이고 대담하다고 생각해서 그런 특성들을 체크했다. 그런데 어떤 남자가 당신에게 다음 주말에 급류타기를 하러 가자고 제안했는데 당신이 거절한다면, 그는 당신이 충동적이거나 대담하지 않다고 생각할 것이다. 모험을 즐기는 것은 핫도그에 핫소스를 많이 뿌려먹거나 비행기에서 뛰어내리는 것인가? 아니면 시스루 셔츠를 입고 검은 레이스가 달린 속옷을 입거나 번지 점프를 좋아한다는 뜻인가?

"편견이 없는 편인가요?"라는 질문처럼 어이없는 것도 없다. 도대체 누가 편견이 많은 편이라고 쓰겠는가? "아니요, 저는 꽉 막힌 편이고 강박관념이 있으며, 자존감도 약한 편입니다. 저는 사람을 별로 좋아하지 않아요." 이렇게 쓰는 사람이 단 한명이라도 있을까?

그냥 당신의 장점에만 체크하라. 남자들의 프로필을 읽으면서 이런 프로필이 믿을만하지 않다고 생각했던 기억을 되살려보자. 그러니 최소한만 체크하면 된다. 만일 25가지 특성을 체크하라고 하면 열 개만 체크하자. 좋게 보이기 위한 것 말고 정말 자신을 나타내는 것만 선택하자. 또 그런 특성들을 갖고 있다고 믿는 이유도 생각해보자.

　종종 이런 질문도 있다. "어떤 스타일을 좋아하나요?" 우리가 아는 어떤 여성은 이렇게 대답했다고 한다. "전 가부장적인 남자는 싫어요." 사실 이는 자신을 컨트롤해줄 남자를 원한다는 뜻과 같다. 그녀는 그저 똑똑하고 친절하고 따뜻한 사람을 좋아한다고 간단하게 대답하면 충분했다.

여러 사이트에 가입해야 할까?

여러 데이트 사이트에 가입하는 것도 괜찮다. 후보는 많을수록 좋은 것이니까. 많은 시간을 들이지 않고 괜찮은 씨앗을 모으는 것은 좋은 일이다. 당신에게 얼마나 연락이 오느냐에 따라 가입할 사이트의 개수를 조정하면 된다.

한 사이트에 가입했는데 연락이 뜸하다면 하나 더 가입하자. 이는 여러 칵테일 바에 가보고 어디가 제일 물이 좋은지 판단하는 것과 별반 다를 것이 없다.

절대 피해야 하는 부담스러운 질문들

어떤 데이트 사이트는 이런 질문을 하기도 한다. "지난 남자 친구와는 뭐가 잘못돼서 헤어졌나요?" 이런 질문에는 절대 대답하지 말자. 우선 남녀관계에서 뭐가 잘못됐는지는 절대 정확히 알 수가 없다. 또 이는 당신의 사적인 문제다. 이런 질문은 그냥 넘어가길 바란다. 제발 이런 대답은 하지 말자. "그 놈이 제 가장 친한 친구와 바람을 폈어요."

이는 당신이 피해자거나, 아니면 그가 당신의 친구에게 가게끔 행동했다는 뜻이다. 이는 절대 좋은 대답이 아니다.

또 이런 질문도 있다. "지금까지 몇 명의 남자와 잤나요?" 혹은 "쓰리섬에 대해서 어떻게 생각하나요?" 이런 과한 질문에는 절대 대답할 필요가 없다.

100통의 전화로도 아무것도 알 수 없다

다시 한 번 말하지만, 직접 만나지 않고 이메일로만 주고받는 로맨스는 안 된다. 진짜 데이트를 하기 전까지는 서로가 어떤 사람인지 알 수 없다. 오히려 그에 대한 기대만 키우고 당신이 상상한 남자에게 빠져버릴 수 있다. 보통은 실망으로 끝나기 마련인데 말이다.

우선 이메일을 두어 번 주고받고 "전화로 얘기하는 건 어때요?"라고 물어보자. 만일 전화 통화를 했는데 괜찮다 싶으면 진짜 데이트를 해도 좋을지를 판단하기 위해 잠시 커피를 마시자고 하자. 단, 전화 통화는 한 번으로 족하다. 만나기 전에 밤낮으로 메일을 주고받거나, 매일 전화통화를 하는 것은 그에 대한 환상만 키울 뿐이라는 것을 명심하라! 그저 전화로만 얘기하다 보면 그 사람에게 빠지기 쉬운 법이다. 당신이 만들어낸 이상적 이미지와 사랑에 빠지기 때문이다.

이렇게 인터넷으로 만난 씨앗들과 계속해서 메일만 주고받는다면 당신은 지치고 상처를 받게 되어있다. 당신의 우물은 점점 마를 것이고, 결국 데이트를 포기하는 사태가 벌어질지도 모른다.

우물의 물은 당신의 감정적 포용력을 나타낸다는 것을 잊지 말자. 누군가와 하루 종일 문자를 주고받는 경우도 마찬가지다. 물론 새로운 누군가가 당신에게 문자를 보내오는 것은 신나는 일이다. 하지만 마음에 들지 않는 사람이 문자를 보낸다면 어떨까? 반대로 그가 당신에게 관심이 없다면?

일단 씨앗을 모았다면 그를 만나라. 씨앗을 모으는 것에 대한 우리의 모토는 이것이다. 투자하지 말고 조사하라.

장거리 연애는 하지 마라

우리가 아는 많은 여성들은 인터넷을 통해서 만나는 사람의 지역이나 국가에 개의치 않는다. 그들은 자신의 선택권을 제한할 필요가 없다고 생각하기 때문이다. '나에게 완벽하게 잘 맞는 남성이 같은 도시에 살지 않거나 같은 나라에 살지 않으면 어때?' 이런 생각을 하고 있다면 이 질문에 답해보라. 당신은 정말 로마에 가서 그 남자와 커피를 마실 수 있는가? 물론 이태리 커피 맛이야 끝내주겠지만!

멀리 떨어진 곳에 사는 이성을 찾는 사람들은 아직 누군가를 진정으로 사귈 준비가 되지 않은 것이 분명하다. 다시 말하지만, 데이트는 직접 만나야만 가능한 것이다. 둘 사이에 물리적인 거리를 둘 필요는 없다. 게다가 장거리 연애에는 많은 위험이 도사리고 있다. 모든 시간을 전화와 이메일, 문자메시지에 할애해야 하기 때문이다.

아쉬울지는 몰라도 무조건 같은 도시에 사는 사람만 선택해야 한다. 그래도 꼭 지리 공부를 더 해야겠다면, 다른 도시로 이사할 생각이 있는 남자를 만나거나 혹은 당신이 이사 가고 싶은 도시에 사는 남자를 고르면 된다. 다른 도시에 사는 정말 마음에 드는 남자를 만났는데 두 사람 모두 이사할 생각이 없다. 그럼 어쩔 것인가? 그가 당신을 너무나 사랑한 나머지 이사 올 거라고? 꿈 깨시라.

장거리 연애의 대부분은 잘되기 힘들다. 그러니 웬만하면 멀리 있는 씨앗은 모으지 않는 것이 좋다. 만일 다른 도시에 있는 남자에게 빠진 경험이 있다면 대답해보라. 지금 당장 그를 보고 싶은데 그를 만날 수 있는가? 혹은 그가 당신을 너무 보고 싶어 해서 몇 시간 동안 차를 타고 당신을 보러 오길 원하는가?

이런 경우는 어떤가? 당신이 장거리 연애를 시작했는데 주말 저녁 그와 통화가 되지 않는다면? 그가 다른 여자와 함께 있을지 모른다는 생각에 미쳐버리지는 않을까?

이런 관계는 필연적으로 질투와 의심을 낳고 결국 MFDA에 기름을 들이붓는다. 질투와 의심은 MFDA가 가장 좋아하는 원료임을 잊지 말자. 만약 그가 멀리서 당신을 보러 왔는데 일 때문에 그를 다시 돌려보내야 한다면 어떨까? 발전 가능성이 있는지를 제대로 알아보려면 반드시 직접 만나서 그가 어떤 사람인지 알아가고 서로를 느껴봐야 한다. 문자 메시지나 전화 통화로는 절대 그런 느낌을 얻을 수가 없다. 2,000킬로미터나 떨어진 곳에 있는 씨앗에 물을 주기는, 생각보다 쉽지 않다.

다른 도시에 사는 많은 남성들이 연락을 하며 접근할 것이다. 그들은 어쩌면 진짜 누군가를 사귈 생각이 없을 수도 있다. 그저 온라인으로만 연락하고 싶거나 폰섹스를 원할 수도 있다. 그들은 그저 사진과 목소리로만 존재하는 것에 만족하며, 당신을 만나기 위해 절대 돈을 쓸 생각이 없을 것이다. 또 어쩌면 다른 도시에 산다는 괜찮은 남자가 사실은 옆 동네에 사는 유부남일지도 모른다!

다른 도시에 사는 씨앗에 대해서 알아보고 싶다면 이메일을 몇 통 주고받은 후 전화를 해보라. 그리고 그에게 "당신이 우리 도시에 왔을 때 꼭 만났으면 좋겠어요."라고 말해보자. 그도 당신에게 관심이 있다면 당신을 만나러 와야 한다. 우리는 SW방법론에 입각한 고전적인 사고를 가진 사람들임을 명심하자. 만일 이 남자가 정말 당신에게 관심이 있다면 당장 기차표를 끊을 것이다. 그렇지 않다면 그와 연락을 끊어라. 그가 기차표를 살 생각이 없다는 것을 깨닫기 위해 삼 개월 동안 이메일을 주고받을 필요는 없다. 기대감만 커질 뿐이다.

온라인 데이트로 환상을 키우지 말자

온라인 데이트의 위험성에 대해 좀 더 말해보려고 한다. 이는 아무리 반복해도 지나치지 않을 정도로 중요하다. 인터넷이 남자를 만날 수 있는 훌륭한 기회를 제공하긴 하지만, 동시에 친밀한 사이라는 환상을 심어주기도 한다.

뉴욕에 사는 여성이 있다. 그녀는 콜로라도에 사는 남자와 이메일을 주고받고 통화를 하는 사이였다. 그들은 너무 바빴기 때문에 전화 통화를 몇 번하고서도 만나지 못했다. 그리고 독립기념일에 겨우 만날 약속을 한 것이다. 둘은 매일 이메일을 주고받고 자주 통화를 했다. 그녀는 그것이 사랑이라고 생각했다. 서로에 대한 깊은 감정이나 바램, 관계에 대한 두려움 등을 얘기하는데 어떻게 사랑이 아닐 수 있으랴! 서로 만나기도 전에 이미 너무 큰 기대감이 형성되어 버린 것이다.

그리고 결국 둘이 만났을 때 실망스럽게도 그는 기대와 너무 달랐다. 그는 조용하고 내성적이었으며, 날씨와 바람 핀 전 여자친구가 '나쁜 년'이라는 말 밖에는 할 줄 몰랐다. 결국 이 커플은 상당히 어색한 저녁 식사를 했고 다음날 그는 말도 없이 호텔을 떠났다. 그는 공항에서 전화로 집에 급한 일이 있다는 궁색한 변명을 늘어놓았고, 그것이 그에게서 받은 마지막 전화였다.

그녀는 처음엔 다소 상처를 받았지만, 그와 만났을 때 그녀 역시 그에게 반하지 않았다는 사실을 깨달았다. 그는 이메일을 보내고 전화 통화를 하면서 생각했던 그와 완전히 다른 사람 같았다.

직접 만나보지 못한 사람에게는 절대 환상을 가지지 말자. 이는 결코 좋은 데이트 방법이 아니다. 키보드로 타이핑을 하고 전화기 뒤에 모습을 숨기면 자신이 아닌 다른 사람이 되기 쉽다. 인터넷의 환상에 빠지지 말자. 마음에 드는 남자와는 언제나 짧게 통화하고, 그가 정말 괜찮은 사람인지는 직접 만나서 판단하라.

SW방법론 : 씨앗 모으기
정말 데이트하고 싶은 남자를 유혹하자

바, 레스토랑 그리고 클럽에서 당신의 사랑을 찾아보자. 당신이 어떻게 생각하든 당신은 가끔 놀러 나가기에 너무 늙지도 않았고 너무 게으르거나 지루하거나 피곤하지도 않다. 칵테일 바나 레스토랑, 그리고 클럽은 남자를 만나기에 확실히 좋은 장소다. 비슷한 지역에 사는 사람을 찾을 수 있고 비슷한 생활방식, 그리고 역시 연인관계로 발전할 가능성이 있는 여성을 찾고 있는 남성을 찾을 수 있기 때문이다. 친구들과 밖에서 즐거운 시간을 갖는 동안 뜻하지도 않게 남자를 만날 수 있다는 기대를 갖고 유연한 자세로 마음을 열자.

우리의 첫 번째 조언은 당신이 편하게 느끼는 장소를 고르라는 것이다. 이 말은 나이 대와 생활방식에 잘 맞는 분위기의 장소를 선택하라는 것이다. 예를 들면 당신이 30대 여성이라면, 연하의 영계를 낚을 속셈이 아닌 이상에는 대학생들이 많이 가는 시끄러운 술집을 좋아하지는 않을 것이다. 클럽에 가려면 그곳은 어떤 음악을 트는지, 또 어떤 볼거리가 유명한지도 잘 알고 있어야 한다. 이런 정보들은 온라인에서 쉽게 찾을 수 있다. 그렇다고 해서 이런 것을 조사하는 데 너무 시간을 들일 필요는 없다. 당신은 그저 친구들과 놀면서 가볍게 한 잔 하고, 또 누군가를 만날 기회를 즐기는 것뿐이다. 누군가를 만나지 못한다고 해도 그것만으로도 재미있지 않은가! 집을 나서서 당신이 그를 만날 준비가 되어 있고 새로운 연인관계를 기대하고 있다는 것을 몸소 보여줘라!

어떤 옷을 입어야 할까?

당신이 입는 옷은 당신의 의도를 나타내준다. 간혹 어마어마하게 짧은 원피스를 입고 맨다리로 하이힐을 신은 채 바에 앉아 이야기를 하는 여성들이 있다. 그녀와 한번 같이 자고 싶어 하는 모든 남자들이 그녀에게 접근했지만, 정말 사귈 만한 여성을 찾는 남자들은 대부분 그녀를 무시했다.

당신의 옷차림은 어떤가? 진정한 연인관계를 원하는 사람처럼 보이는가, 아니면 근처 모텔에서 하룻밤을 보내고 싶은 사람처럼 보이는가? 남자를 유혹하기 위해서 미소를 이용하라. 가슴 말고!

섹시한 것이 아름답다는 것은 이해한다. 하지만 상상할 무언가를 남겨야지, 자신을 다 드러내 보여서는 안 된다. 가슴이 훤히 들여다보이는 블라

우스를 입고 있다면, 아마 원 나이트 스탠드를 원하는 모든 남자들의 시선을 받을 것이다. 당신이 만난 남자가 눈이 아닌 당신의 몸을 보고 있다면, 지금 입은 옷을 다시 생각해 볼 필요가 있다.

하늘거리고 여성스러운 외출용 복장을 선택하자. 바지 정장이나 딱딱한 사무실 복장, 세상 모든 종류의 유니폼, 헐렁한 니트, 회사 로고나 웃긴 문구가 박힌 티셔츠, 크록스 같은 투박한 신발은 별로 환영받지 못하며, 무채색 계열의 옷으로 무장하는 것도 그리 예쁘게 보이지는 않는다.

여성스러운 상의와 당신이 좋아하는 청바지 등으로 심플하게 입는 것은 좋다. 당신에게 잘 어울리는 색상을 선택하자. 몸에 달라붙는 상의는 좋지만, 너무 파여서 가슴의 골이 보이는 옷은 피하는 것이 좋다. 너무 과한 액세서리 역시 안 하는 것이 좋다. 귀걸이를 하는 것은 좋지만 부담스럽거나 과하게 큰 것은 피하자.

너무 불편해서 저녁 내내 절뚝거리지만 않는다면 하이힐이나 부츠도 좋다. 여성스럽고 발에 잘 맞는, 굽이 적당히 높은 고급스럽고 세련된 신발은 투자할 가치가 있다. 너무 굽이 높아서 휘청거리고 싶지는 않은 것은 알겠는데, 그렇다고 조리를 질질 끌고 다니거나 크록스를 신는 것도 바람직하지는 않다. 나지막하고 세련된 구두는 여성스럽고 섹시해 보인다.

헤어스타일이나 화장 역시 과해서는 안 된다. 이는 당신의 품격을 말해준다. 과하면 넘친다는 말을 명심하자. 여기서 한 가지 비밀을 알려주자면, 남자들은 립글로스를 좋아한다. 립글로스는 심플하고 섹시하다. 여러 가지 칼라 중 당신의 피부 톤에 잘 맞고 얼굴을 화사하게 보이는 것으로 하나 고르자.

신비로움이 당신의 무기가 되게 하라

신비로움은 남자를 만나는 데 지대한 공헌을 하고 궁극적으로는 데이트 성공률을 높여준다. 그래서 다시 한 번 강조하려고 한다. 자신의 신비로움을 깨닫지 못한다고 해도, 여성들은 기본적으로 데이트에서의 모든 파워를 갖고 있다. 왜냐하면 남성들은 여성의 신비로움을 거부할 수 없기 때문이다.

여성들은 그들이 가진 특별한 무언가, 즉 여성스럽고 부드럽고 섬세한 분위기를 풍긴다면 남성들은 이에 극도로 흥분한다. 신비로움을 발산하는 여인은 사람들 사이에서 눈에 띄기 마련이다. 남자의 넋을 빼놓는 것은 아름다운 얼굴이 아니다. 여성이 스스로에게 편안함을 느낄 때 자신의 타고난 우아함과 섬세함이 표출되며, 이는 그 무엇보다도 남성을 자극한다.

신비로움을 가진 여성은 남성을 유혹하기 위해 표면적인 아름다움에 의지하지 않는다. 그들은 자신의 여성스러운 에너지가 남성들을 사로잡는다는 것을 알고 있으며 신비롭고 매력적인 느낌을 풍긴다는 것을 느낀다. 그들은 자신이 매력적이고 섹시하다고 느끼며, 자신감이 넘친다. 그리고 이 자신감은 그들이 만나는 모든 남자들에게 보이기 마련이다.

신비로움은 마치 자석과도 같다. 신비로움을 발산하는 것과 섹스어필을 하는 것은 큰 차이가 있다. 신비로움은 육체적으로 끌리는 것 이상의 매력이다. 이는 여성이 자신에게 느끼는 감정, 자존심, 그리고 개인적 자제심과 관계 있다. 그녀의 섹시함은 "저 쉬운 여자에요"가 아닌 "네가 얼마나 괜찮은 남자인지 스스로 증명해 봐"라는 자세에서 나온다.

데이트에서 신비로움을 활용하는 법을 배우면 좋은 점이 한 두 가지가 아니다. 신비로움은 절박함과 정반대라고 보면 가장 이해가 쉬울 것이다. 남자들이 당신이 차분하고 자신감 넘치고, 또 매력적이라는 것을 알게 되면 그들은 당신에 대해 더 많은 것을 알고 싶어 할 것이다. 또한 이것은 때로 남자들이 당신을 갈구하도록 만들고, 그 무언의 메시지가 그들의 욕구를 불러일으키기도 한다. 예를 들어 그들이 "그녀는 내가 없어도 돼" 혹은 "그녀는 내가 있어서 혹은 내가 없어서 행복해"라고 느낀다면, 당신이 풍기는 분위기가 남자들로 하여금 "그녀를 내 여자로 만들고 싶다"라는 마음을 먹게 만드는 것이다.

신비로움을 가진 여성의 훌륭한 표본을 보고 싶다면, 〈사브리나〉를 빌려 볼 것을 권한다. 오드리 햅번 주연의 고전 영화도 좋고 해리슨 포드가 나온 리메이크작도 좋다. 사브리나는 내성적이고 어색한 아이였다. 그녀의 아버지는 평생 한 부자의 운전사로 근무했는데, 그 부자에게는 두 아들이 있었다. 사브리나는 두 아들 중 데이비드를 평생 짝사랑했는데, 그는 그녀를 거들떠보지도 않았다. 파리에서 2년여를 보내면서 그녀는 자신의 관심사를 탐구하고 강한 자의식을 가지게 되었다. 사브리나는 우아하고 세련되고 아름다운 여성이 되어 집으로 다시 돌아온다. 그리고 그녀는 갑자기 자신이 두 아들의 관심을 끌고 있다는 것을 알게 되었다. 상상만 해도 흐뭇하지 않은가?

그녀는 성형 수술, 개인 트레이너 혹은 선탠 같은 것 없이 신비롭고 매력적인 여성이 되었다. 사브리나를 매력적으로 만든 모든 것은 이미 그녀 안에 내재되어 있었던 것이다. 그녀는 그저 자신의 신비로움에 어떻게 접근하는지를 배우고 그것을 빛나게 한 것이다.

잠재된 자신의 신비로움을 모두 이용하는 방법은 배우기가 어렵다. 많은 여성들이 데이트라는 연극에서 주인공의 성격을 바꾸고 의식적으로 남자에게 꼬리치는 것이, 그들을 꾀고 속이는 것이라 생각한다. 하지만 이것은 잘못된 생각이다. 여성스러운 에너지를 내뿜는 것은 기만적인 것이 아니라 모든 여성의 타고난 권리이다. 사실 여성이 자신의 여성스러움을 감추는 모든 것들이야말로 기만적이고 비도덕적인 것이다.

여성들은 보통 직장에서 자신의 여성스러움을 강조하지 않도록 교육받아왔다. 물론 이것이 틀렸다는 것은 아니다. 또한 회의중에 섹시함을 발산하라는 것도 아니다. 단, 직장에서의 자아를 데이트 장소에 데려갈 필요는 없다는 뜻이다.

미모를 가꾸기 위해서는 온갖 투자를 다 하면서, 여성스러운 에너지를 발산하는 것이 당신을 약하고 의존적으로 보일 것이라고 생각하지는 말자. 이는 자신을 속이는 일이다. 많은 여성들이 신비로움의 힘을 인식하지 못하고 자신이 의지하고 있는 능력들로 남자들에게 인상을 주려고 한다.

비앙카의 사례를 보자. 그녀는 트레비스를 서점에서 만났다. 그들은 둘 다 건강한 요리법에 관심이 있었는데, 요리책 코너에서 부딪힌 것이다. 그가 책에 손을 뻗을 때 말 그대로 그녀에게 등이 부딪혔다. 그들의 공식적인 첫 데이트는 둘 다 몇 달이나 가려고 벼르던 인도 레스토랑에서 이루어졌다.

데이트는 트레비스가 비앙카에게 와인을 마시겠냐고 물어보며 자신이 즐겨 마시는 와인 소비뇽(sauvignon)을 권하기 전까지는 매우 순조로웠다. 와인 감정가였던 비앙카는 자신은 소비뇽을 좋아하지 않는다면서 자신의 거대한 와인 컬렉션에 대해 얘기하기 시작했다. 트레비스는 최근 나파(Napa)에서 열린 와인 시음회에서 구입한 일등급 샤르도네 와인(chardinnay)에 대해 얘기하며 대화에 참여하려고 했지만, 비앙카는 자신은 이미 그 와인을 갖고 있으며 2002년산 대회 우승 와인도 소장하고 있다고 계속해서 얘기했다. 비앙카는 소위 잘난 체를 했고, 경쟁적으로 자신이 트레비스보다 더 똑똑하고 잘났다는 것을 증명하려고 했다.

그녀가 왜 그랬는지 궁금할 것이다. 그녀는 자신이 그에게 깊은 인상을 주고 있다고 생각했다. 사실 이는 매우 흔한 행동이다. 많은 남성들이 이렇게 얘기한다. 처음에는 정말 괜찮아 보였는데 곧바로 뭔가를 증명하려는 행동을 하는 여자를 만난 적이 있다는 것이다. 이런 여성들은 말싸움을 하는 동안, 실제로 자신의 신비로움을 완전히 잊어버린다.

하지만 남자들은 여성과 경쟁하려는 것이 아니다. 남자들은 논쟁을 좋아하는 여자보다는 관능적인 여자를 더 좋아한다. 만일 당신이 데이트에서 과도하게 공격적이거나 경쟁적으로 나간다면, 이는 아직 누군가를 만날 마음의 자세가 안 됐다는 뜻이다. 그리고 한마디 덧붙이자면, 남자들은 이런 거 싫어한다.

당신이 얼마나 가치 있고 남자들에게 소중한지를 말로 설명하는 것보다 자신의 신비로움을 이용하는 방법을 배우길 바란다. 이것이 당신의 가치를 말해주는 더 강력한 방법이다.

스스로의 신비로움에 다가가는 방법

당신은 남자를 이기려는 본능을 억누르고 〈사브리나〉를 세 번이나 보았다. 그럼 이제는? 내면의 신비로움을 찾기 위해 파리로 가야 할까? 당연히 아니다! 신비로움은 당신 안에 있고 계속 거기 있어 왔다. 단지 당신이 몰라서 찾지 못했던 것뿐이다. 여기 당신의 여성스러운 에너지를 높여줄 몇 가지 방법이 있다.

* 거품 목욕을 하라. 향기로운 입욕제나 거품이 가득 든 욕조에 몸을 담그라. 촛불도 좀 켜고 당신의 빛나는 섹시함에 흠뻑 젖어보라.

* 원피스를 좀 더 자주 입어라. 물론 당신은 스키니 진이 좋겠지만 당신에게 잘 어울리는 원피스보다 더 여성스러운 것은 없다.

* 섹시한 잠옷을 입어라. 편한 잠옷이나 티셔츠는 던져버려라. 특별한 누군가를 만나고 있지 않더라도 뭔가 하늘거리는 레이스를 입고 잠자리에 들라.

* 스스로에게 신선한 꽃을 선물하라. 꽃의 아름다움과 향기가 당신의 여성스러운 에너지를 일깨워 줄 것이다.

* 스파를 즐겨라. 혼자서 혹은 친구와 함께 얼굴과 몸에 마사지를 받아보자. 이는 당신을 만족시켜주고 스스로를 여성스럽다고 느끼게 해줄 것이다.

* 당신의 피부를 부드럽고 매끈하게 유지하라. 향기롭고 달콤한 로션을 바르고 스스로의 섬세한 손길을 즐겨라.

제스처와 자세, 동작 그리고 표정은 다른 이들에 관심이 있는지 없는지를 나타낸다. 이런 보디랭귀지는 서로에게 관심을 표현하는 데 가장 먼저 사용된다.

여기에는 어떤 사람을 향한 의식적인 미소와 눈을 계속적으로 마주치는 것, 혹은 눈을 깜빡이거나 윙크하는 것, 구체적인 "이리 와봐" 손짓을 하는 것, 립스틱을 바르는 것, 몸의 자세를 바꾸는 것, 머리카락을 꼬는 것, 어깨를 뒤로 젖히는 것 등이 있다.

당신의 보디랭귀지는 남자에게 그를 어떻게 생각하는지, 그들에게 흥미가 있는지를 알려준다. 관심이 있다는 것을 알려주는 신호를 의식적으로 보내는 법을 배우는 것은 데이트의 성공을 위해 매우 중요하다.

그 신호는 미세한 것이어야 한다. 과장된 보디랭귀지는 당신이 그를 너무 열망한다거나 절박하다는 인상을 준다. 또 지나치게 성적인 신호는 당신이 진지한 관계가 아닌 가벼운 섹스만을 원한다는 강한 메시지를 줄 수도 있다.

여성들이 남자를 클럽에서 만났을 때 가장 큰 문제는 그들의 생각과 보디랭귀지가 모순된다는 것이다. 놀랍지만 사실이다. 당신의 몸이 바로 문제가 될 수 있다. 갈팡질팡하는 메시지를 뒤로 하고 당신의 보디랭귀지가 당신의 느낌을 확실히 뒷받침하도록 하라.

클럽에서 당신에게 집적대는 남자에게 무의식적으로 웃어주었다. 마음에 들지도 않는데 말이다. 그럼 그는 무조건 이렇게 생각한다. '오, 이 여자, 내가 맘에 드나본데?' 하지만 당신은 이렇게 생각하고 있었다. '이 자오스트리아 비엔나의 루드비히 볼츠만(Ludwig Bolrzmann) 연구소는 어느 조사를 통해 술집이나 클럽에서 남자들과 반응을 주고받는 많은 여성들이 종종 자신이 느끼는 것과는 반대의 보디랭귀지를 표현한다는 것을 밝혀냈다.

하지만 여성들은 이 사실을 모르고 있고, 또 그들 대부분은 남성이 마음에 들지 않는다고 해도 눈을 맞추는 등의 긍정적인 보디랭귀지를 보인다고 한다. 이와 마찬가지로 여성들은 정말 누군가가 마음에 들어도 팔짱을 끼는 등 부정적인 신호를 보낸다고 한다.

"관심을 표현하는 신호나 관심이 없다는 신호나 차이가 거의 없습니다."라고 이 연구를 총괄한 칼 그래머(Karl Grammer)교수는 말했다. 그래머 교수는 "또 남자에게 호감이 있는 여성이 그렇지 않은 여성보다 오히려 더 부정적인 신호를 보냅니다."라고 덧붙였다.

식, 좀 꺼질 수 없니?'

이런 경우도 흔히 볼 수 있다. 한 여성이 멋진 남자를 계속해서 바라보다가 그와 눈이 마주쳤는데 뒤로 돌아서 얼굴을 찌푸렸다. 이로써 둘 사이의 화기애애한 분위기는 사라지고 말았다. 그가 그녀와 눈을 맞추려 시도할 때조차 그녀는 핀잔을 주고 눈길을 돌렸다. 왜? 보통의 경우 쉬워보이거나 혹은 너무 들이대는 것처럼 보이지 않기 위해서라고 한다.

그럼 남자는 이에 대해 어떻게 생각할까? 남자는 그런 행동을 자신에게

관심이 없다는 것으로 해석한다. 게다가 당신이 머뭇거리는 미소를 지으면, 그는 당신이 다른 남자에게 미소를 짓는다거나 남자친구를 기다리고 있다고 생각한다. 한 남자가 매력적인 여성을 보았는데, 그녀는 잠시 그에게 관심이 있는 듯했다. 미소를 지으며 그를 바라보고 눈을 맞추었기 때문이다. 그런데 그녀가 순식간에 등을 돌려버렸다. 심지어 다른 남자와 시시덕거리기도 한다. 그러면? 그는 거기서 끝이라고 생각한다. 적어도 당신과는.

친구들과 함께 바에 앉아있다면 남자들이 당신에게 접근하기는 더 힘들다. 아마 그는 이런 부담을 가질 것이다. '그들에게 좋은 인상을 남겨야 해. 웃음을 터뜨릴 만한 재미있는 말을 생각해야 해.'

많은 여성들이 자신도 모르게 떼를 지어 놀러 다니는 실수를 저지른다. 그리고는 둥그렇게 모여 앉아, 남자들이 자신에게 다가오지 않는 것에 대해 좌절하는 것이다.

하지만 그들이 자신의 의도와 다르게 보인다는 것을 깨닫지 못한다. 그들은 자신이 쿨 하게 보인다고 생각하지만, 남자들은 "난 여자들과 노는 것이 좋아. 그러니까 가까이 오지 마."라고 이해한다.

마실 것인가 마시지 않을 것인가

보디랭귀지에 있어서 가장 중요한 점은 바로 취한 상태에서 "전 사랑을 찾고 있어요."라는 신호를 보내면 절대 안 된다는 것이다.

술을 꼭 마셔야 한다면 칵테일 두 잔 이상은 마시지 말자. 클럽에서 남자를 만나기로 했다면, 자신의 주량을 정확히 알고 있어야 한다. 당신이 하루 밤에 양주 한 병쯤은 가뿐하게 마실 수 있다 하더라도 그건 데이트에 아무런 도움이 안 된다. 그와의 데이트에서 취한 모습을 보이고 싶은가? 두 잔이면 충분하다.

　알다시피 술에 취한 여성일수록 더 멍청한 행동을 하는 경우가 많다. 제대로 된 결정을 내리지 못하기 때문이다. 정말 만난 지 십 분도 안 된 남자와 키스를 하고 싶은가? 그와 다음날 다시 만날 생각도 없으면서 말이다. 그 역시 '와우, 난 오늘 나한테 완전 빠진 술 취한 귀여운 여자에게 꼭 전화를 해야지. 난 그 여자한테 정착하고 싶어'라고는 절대 생각지 않는다.　알코올은 긴장을 완화시키는 데 가장 흔하게 쓰이는 물질일 것이다. 하지만 알코올이 가장 강력한 진정제라는 것을 꼭 명심하자. 또 긴장을 풀기 위해서 알코올을 섭취하는 것이 오히려 역효과를 낼 수 있다는 것을 알려주는 근거들도 있다. 알코올은 심장박동수를 높이고 박동을 불규칙하게 만들고 혈당을 떨어뜨려서 우리의 불청객 MFDA가 폭주하도록 만들 수도 있다.

눈이 모든 것을 말해준다

　바나 클럽에서는 눈을 맞추는 것에서 모든 것이 시작된다. 당신의 눈은 가장 효과적인 표현 수단이다. 눈은 당신의 모든 것을 말해준다. '눈은 마음의 거울'이라는 말도 있지 않나. 몸은 노여움이나 상처를 받지 않은 척 할 수 있지만, 눈은 어떻게든 그 모든 진실을 표현한다(그리고 종종 당신이 드러내고 싶은 것보다 더 많은 것을 보여준다). 이것이 눈을 맞추는 것이 은밀하면서도 효과적인 이유이다.

클럽에서 흥미를 끄는 남자를 만났다면 SW방법론의 '세 번 눈길 주기 테크닉'을 사용하라. 이것은 기본적으로 남자와 세 번 눈을 마주치는 것으로 그를 유혹하는 방법이다. 첫 번째 눈길은 처음 그를 발견했을 때이고, 두 번째는 그가 당신의 생각처럼 괜찮은지를 확인하는 것이며, 세 번째는 미소를 짓고 머리칼을 한번 쓸어 넘기기 위해서이다.

이 방법이 어떻게 효과가 있냐고? 클럽에 갔다고 생각해보자. 홀 안을 슬쩍 둘러봤을 때 마음에 드는 사람을 발견했는가? 만일 눈길이 멈출 만큼 매력적이라고 생각되는 사람이 있다면 그와 눈을 맞춘 다음 다시 시선을 다른 곳으로 돌려라.

처음 눈을 마주치는 순간의 느낌이 좋았다면 다시 한 번 빨리 그의 눈을 바라보고 전체적인 모습을 한눈에 파악하라. 두 번 보고 나서도 그가 맘에 든다면 다시 마지막으로 그와 눈을 맞추고 미소를 지어라. 마지막의 눈길은 그에게 이런 말을 전해준다. "이봐요, 난 당신이 맘에 드는데, 이쪽으로 올래요?"라고 말이다. 이는 "난 오늘 당신과 같이 자고 싶어요"라고 말하는 것과는 분명 다르다.

수줍음이 많아서 우리의 세 번 눈길 주기 테크닉을 쓰기 힘들다고 생각한다면, 다시 뒤로 돌아가서 좀 더 기초를 쌓아야 한다. 수줍음은 당신의 정원에서 자라는 잡초일 뿐이다.

당신은 어떤 신호를 보내고 있는가?

우리가 말했듯이 대부분의 여성들은 남자에게 보내는 신호를 인식하지 못한다. 하지만 자신의 몸이 어떤 말을 하고 있는지 아는 것은 매우 중요

하다. 보디랭귀지는 남자들에게 호감을 표시하고, 안심하고 자신의 느낌을 표현해도 된다는 신호를 보낼 수 있기 때문에 남자를 유혹하는 효과적인 수단이 될 수 있다.

◎ "저리 가버려"라고 말하고 있는 것은 아닐까?

클럽에 있을 때 자연스럽게 팔짱을 끼거나 어깨를 구부정하게 서있는가? 혹시 딱딱한 자세를 하거나 귀여운 남자를 보고도 등을 돌려버리는가? 친구들과 함께 있을 때 친구들에게만 너무 주의를 기울이거나 대화에 너무 집중하는가? 누군가에게 호감이 있는데도 보디랭귀지가 명백하게 거절을 말하고 있지는 않는가?

그렇다면 남자들은 자신을 거부한다고 생각하고 당신에게 접근하려하지 않는다. 보통 여성들은 자기가 이런 행동을 한다는 것을 알게 되면 매우 놀란다. 특히 누군가를 만나고 싶어 할 때는 더더욱 그렇다.

"저리 가버려"라는 표현을 하는 여성들은 진지하게 누군가를 만날 준비가 되지 않았거나 혹은 사교적인 상황에 긴장하는 경우가 많다. 스스로를 방어하기 위해서, 데이트를 피하는 수단으로 누군가의 접근을 막는 것이다.

◎ "나한테 말 걸어도 돼요"라고 말하고 있는가?

클럽에 놀러 가서 멋진 남자를 만났을 때 당신은 눈을 마주치고 미소를 짓는가? 바에 앉아 있을 때 팔짱을 끼지 않고 있는가? 누군가를 새로 만나고 싶을 때 친구 한 명만 데리고 외출하는가? 축하한다!

당신의 보디랭귀지는 "나한테 말 걸어도 돼요"라고 말하고 있다. 즉 누군가를 만날 준비가 되어 있고 말을 걸어도 좋다는 신호를 보내고 있는 것이다. 진지한 관계로 발전할 가능성이 무엇보다도 높은 남자에게 좋은 기회를 줄 것이다.

대화의 기술

보디랭귀지를 섭렵했으니 이제 실제 대화의 기술을 배워보자. 바에서 만난 맘에 드는 남자와 눈도 몇 번 맞추었고, 그가 말을 걸 요량으로 서서히 다가오고 있다. 그럼 이제 어떻게 해야 할까?

클럽이나 바에서 남자와 이야기하는 목적은 그를 심문하거나 인터뷰하기 위해서가 아니다. 그가 정말 차기 대법원장 후보인지 아닌지를 알아보기 위한 것이 아니란 말이다.

자연스럽고 편안하게 행동하자. 그냥 주변에서 일어나는 일이나 오늘 뉴스에서 들은 재미있는 이야기를 꺼내면서 웃자. 그의 인생 계획이나 전원주택을 사고 싶은지 등을 물어봐서는 안 된다. 이는 대화를 중단하는 행동이다.

만난 지 5초 만에 그가 아이를 원하는지 뒷마당에 수영장이 있는 집을 원하는지를 알아보려는 것은 당신의 토양에 잡초를 심는 것과 다름없다. 또 반대로 그가 당신을 심문하기 시작한다면 이렇게 이해하면 된다. '너도 MMDA로 힘들구나.'

그와의 관계를 확립하는 방법

호감이 가는 남자를 만나서 그를 좀 더 알고 싶다고 하자. 그럼 이제 무

"나한테 말 걸어도 돼요"라고 말할 줄 아는 여성도 '흉내 내기'라는 고급 기술을 통해 자신의 보디랭귀지를 향상시킬 수 있다. 누군가에게 매력을 느낀다는 것을 말해주는 가장 좋은 방법은 그의 제스처나 포즈를 의식적으로 모방하는 것이다.

예를 들어, 그가 앞으로 몸을 기대고 있으면 당신도 앞으로 몸을 기대거나 그가 웃으면 당신도 웃고, 또 그가 다리를 꼰 방향으로 다리를 꼬는 것이다.

사실 우리가 누군가를 좋아하면 우리는 그의 행동을 따라 하게 되어 있다. 첫 번째 만남이 잘 진행되었다면 이는 당신이 정말 자연스럽게 행동했다는 것이다.

하지만 당신은 다른 사람의 제스처나 포즈를 의식적으로 따라할 수 있다. 이는 처음에는 이상하지만 당신이 관심을 가지는 그 남자는 둘이 참 잘 맞는다고 생각할 것이다.

엇을 해야 할까? 당신은 이미 그에게 다시 만나고 싶다는 명백한 보디랭귀지 신호를 보냈을 테니, 이제는 그가 당신에게 전화번호를 물어볼 차례다. 원한다면 전화번호 대신 이메일 주소를 알려줘도 괜찮다. 그냥 이렇게 얘기하라. "전 주로 이메일로 연락을 주고받거든요."

이는 SW방법론을 사용해서 데이트하는 가장 효과적인 방법이다. 맘에 드는 남성이라도 먼저 전화번호를 묻지는 마라.

물론 요즘 남성들은 여성이 먼저 데이트 신청을 할 수도 있다고 생각한다. 또 일부는 이렇게 적극적인 여성을 좋아하는 것도 사실이다. 하지만 이는 장기적으로 볼 때 별로 좋은 방법이 아니다.

만일 새로운 남자와 어울려 놀았는데 그가 당신의 전화번호를 묻지 않는다면 그는 당신에게 관심이 없거나 여자 친구가 있다는 분명한 신호다. 뭐가 됐건 그건 별일이 아니다. 그냥 그는 바에서 하루 얘기했던 사람이지 당신의 반쪽이 아닌 것이다. 그냥 넘어가라!

물론 그와 잠시 즐거운 시간을 보낼 수도 있다. 하지만 그는 거기서 멈추고 싶은 것이다. 그에게 대화가 즐거웠다고 인사하고 다음 단계로 넘어가자. 다른 바에 가거나 집에 가서 온라인 데이트 사이트의 쪽지를 확인하자. 우리는 많은 여성들이 이렇게 한탄하는 것을 보았다. "하지만 그가 너무 수줍어서 전화번호를 물어보지 않았을 수도 있잖아요." 당신이 이 점을 꼭 알았으면 한다. 당신을 맘에 들어 하는 남자라면 당신의 전화번호를 묻는 데 결코 망설이지 않는다. 절대로!

당신이 확실해 보이는 남자와 얘기를 했다면, 더 이상 다른 남자들과 웃고 떠들지 말고 그 사람에게 이메일 주소를 적어주고 바로 바에서 나와야 한다. 어렵게 만난, 정말 괜찮은 남자의 질투심을 불러일으키기 위해 시간을 낭비할 필요는 없다.

서로 얘기를 나누고 연락처를 교환한 후에 당신이 다른 남자들과 웃고 떠드는 것을 본다면, 그는 당신이 게임을 하고 있다고 생각할 것이다. 그는 아마 당신에게 메일을 보내거나 전화를 하지 않을 것이다. 경쟁을 좋아하는 사람은 없기 때문이다.

● 거절에 대처하는 법

이런 상황을 생각해보자. 바에 앉아있는데 밤이 끝나간다. 마음에 드는 남자와 얘기를 하긴 했지만 그는 당신의 전화번호를 묻지 않는다. 그렇다고 아직 당신 곁을 떠난 것도 아니다. 바는 곧 문을 닫을 시간인데 이 남자와 지금 헤어지면 다시 만나지 못할 것 같다.

이런 순간 당신은 이렇게 말하고 싶을 것이다. "저기, 우리 집에 가서 좀 더 얘기할래요?"

안 된다! 절대! 그럼 이런 말은? "음, 건너편에 있는 커피숍으로 갈래요?" 이것도 틀렸다! 거기서 끝내라.

데이트 계획을 세우지 않으면 그와 끝이라고 생각할 필요는 없다. 이 말은 아무리 해도 부족하다. "만일 다음 날에도 당신을 보고 싶다면, 당신에게 정말 관심이 있다면 그는 당신의 연락처를 물어볼 것이다."

명심하라. 당신은 누군가와 잠깐 얘기를 했다고 해서 그 사람을 안다고 할 수 없다. 물론 당신은 이 멋진 남자와 웃고 떠들면서 즐거운 시간을 보냈다. 술도 마시고 이야기도 했다. 하지만 그도 아직 당신을 잘 모르고 당잠시 얘기를 나눈 사람이 맘에 들지 않는다고 해서 그에게 가짜 전화번호를 주지는 말자. 이는 비겁한 행동이다. 또 이 행동은 자신이 동물 병원에 전화를 하고 있다는 것을 깨닫기 전까지는, 당신과의 기회가 있다고 생각하게 만들 수도 있다. 동시에 많은 여성들이 데이트할 생각도 없으면서 전화번호를 물어보는 남자가 짜증난다고 말한다. 그들은 남자의 기분을 상하지 않게 하려고,

혹은 그 상황을 모면하려고 가짜 번호를 적어 준다고 한다. 하지만 정직하게 말하는 것이 더 좋다. 그편이 장기적으로 봤을 때 남자가 덜 상처받기 때문이다.

"죄송하지만 그냥 가셨으면 좋겠어요. 우린 서로 잘 안 맞을 것 같아요. 물어 봐줘서 고마워요."라고 말이다. 이렇게 정중하게 인사한 뒤 즉시 자리를 떠나라.

또 보디랭귀지가 다른 말을 하지 않게 주의하자. 그를 떠나보내기 위해 재수 없게 굴 필요는 없다. 그는 당신이 상황을 멋지게 다루는 것에 감탄할 것이다. 잠시 어색할지는 모르지만, 가짜 번호로 다섯 번이나 전화를 걸고 나서 열 받는 것보다 낫다. 만일 남자가 당신이 그냥 팅기는 것이라 생각하고(아마 보디랭귀지가 명확하지 않았을 것이다) 계속 전화번호를 요구한다면, 자리를 피하는 것이 가장 좋다.

태도를 분명히 하고 정중하게 거절하자. 언제나 당신의 의도를 명확히 해라. 만일 당신이 폭탄을 만났는데도 그에게 시간을 내주거나 함께 춤을 춘다면, 그는 착각하기 시작한다. 마음에 들지 않은 남자가 심하게 들이대지는 않는다면 그에게 이렇게 말하라. "즐거웠어요. 나중에 또 봐요."

신도 마찬가지다. 그래서 그를 당신의 집에 데려가면 안 된다!

그가 연락처도 남기지 않고 우주로 사라져버린다 하더라도 그냥 지난밤은 재미있었다고만 기억하자. 그렇다고 나쁠 것은 없다. 적어도 새로운 기회에 마음을 열고 즐거운 저녁을 보내지 않았는가. 그런 일들이 나중에 어떤 결과를 가져올지 누가 알겠는가.

연락처를 묻는 그에게 신비로움을 유지하라

만일 괜찮다고 생각하는 남자가 연락처를 물어보면, 당연히 기분이 좋겠지만, 그 기쁨을 제어해야 한다. 차분히 지갑에 손을 뻗어 이름과 이메일 주소를 적어 주어라. 너무 또박또박 쓸 필요는 없다. 하나만 쓰면 된다. 당신에게 연락할 열 가지 방법을 모두 적지 말자. 절대로! 너무 절박해 보인다.

그가 당신의 연락처를 묻고 나서도 아직 밤이 깊지 않았다고 해도, 그와 다른 곳으로 나가고 싶은 충동을 억제하라. 아까 말했듯 커피를 마시러 가지도 말고, "음, 배고프지 않아요? 다음 주에 저녁 먹는 대신 지금 햄버거 먹는 건 어때요?"라고 말하지도 말라.

다음 만남까지 기대가 쌓이고 감정이 커지도록 놔두는 것이 좋다. 다음 단계로 넘어가기에는 아직 정보가 부족하다. 그러니 속도를 늦추자.

SW방법론의 목적은 데이트를 데이트답게 만드는 것이다. 다시 말하면 그가 정식으로 데이트 신청을 하고 다음 약속을 잡도록 하라는 것이다. 지금 당장 커피를 마시거나 아침을 먹거나, 섹스 할 필요는 없다. 그에게 이메일 주소를 적어주고 당장 거기서 나와라!

그와 새벽까지 같이 있지 않는다면 완벽한 순간을 놓칠 거라고 생각할 필요는 없다. 오히려 이런 폭풍 같은 로맨스는 언제나 한 달 안에 끝나고 말 것이다. 당신도 알고 있겠지만.

설령 그가 다른 곳으로 자리를 옮기자고 제안해도 당신은 이렇게 말해야 한다. "지금도 정말 즐겁긴 한데 전 집에 가야 할 것 같아요. 나중에 다시 얘기해요." 혹은 이렇게 말할 수도 있다. "정말 즐거웠어요. 다음 주에 메일로 다시 만날 약속을 하는 건 어때요?"라고 말이다. 그는 당신의 이메일 주소나 전화번호를 갖고 있으니 다음 단계로 넘어가는 것은 그의 몫이다. 다시 말하지만, 당신은 그가 정식으로 데이트를 신청하게 하고, 당신을 가볍게 생각하지 않도록 해야 한다. 그리고 이 단계에서 당신이 해야 할 일은 남자들과 즐겁게 대화를 나누고 그에게 전화번호나 이메일 주소를 주면서 씨앗을 모으는 것이라는 점을 명심하기 바란다.

오늘밤 당신의 할 일은 여기서 끝이다! 그러니 저녁이 끝날 무렵에는 언제나 자리를 떠나야 한다는 것을 잊지 말고 어디로 향하건 간에 무조건 그곳을 나서라. 남자들은 분명 당신의 신비로움에 호감을 느낄 것이다. 그리고 그는 당신의 예상보다 빨리 전화할 것이다.

연락하지 않는 남자는 잊어라

그가 연락하지 않는다 해도 밥을 못 먹거나 과자를 쓸어 담을 필요는 없다. 지금 할 수 있는 행동은 오직 한 가지, 그냥 잊어버리는 것이다. 물론 그가 정말 괜찮은 남자일 수도 있다. 하지만 정신 차리자! 아직 당신은 그가 어떤 사람인지 모른다. 유부남일 수도 있다. 그저 당신이 모르는 것뿐이다. 연락처를 받아간 남자가 연락이 없을 때 그를 위한 온갖 핑계를 만들어내는 여성들이 있다. 그들은 이렇게 생각한다. '그가 연락처를 적은 종이를 잃어버린 것은 아닐까? 내가 전화를 해봐야 할까?'

그만! 또 그가 당신에게 연락할 방법이 없어서 연락을 못한다고 생각하고 그와 만났던 곳을 들락거리지는 말자. 그가 정말 당신을 만나고 싶다면 알아서 당신을 찾을 것이다. 사실 마음만 먹으면 그리 어려운 일도 아니다.

가장 중요한 사실은 남자가 여성에게 반했다면, 폭풍우로 집이 무너지지 않는 이상 절대 연락처를 잃어버리지 않는다는 것이다. 그렇다고 해서 그가 연락이 없다고 너무 기분상해 할 필요도 없다. 어쩌면 그에게 여자친구가 있거나 아니면 그는 뭔가 다른 목적이 있었을 것이다.

제발 이런 것에 감정을 낭비하거나 상처받지 말자. 당신이 그가 어떤 사람인지 살펴본 것처럼 그 역시 당신이 어떤 사람인지 알아본 것뿐이다. 잠시 얘기를 나눈 것뿐이다. 이는 울 일도 아니고, 친구들과 함께 그에게 무슨 일이 생겼나 걱정할 일도 아니다.

그래도 그가 보고 싶은가? 첫 번째 데이트도 하기 전에 당신을 실망시키는 남자가 뭐가 좋은가?

그를 만날 수 있는 그밖의 장소들

거리로 나가보자

당신이 정말 데이트 할 준비가 되었다면 씨앗을 모으기 위해서 더 이상 칵테일 바나 클럽에 갈 필요는 없다. 당신의 일상적인 환경을 살펴보자.

바에 앉아 있는데 정말 비호감인 남자가 나타났다. 맙소사, 타임머신을 타고 80년대로 가서 사왔을 거라고 추측되는 스타일의 옷을 입고는 당신에게 다가와서 옆을 떠날 생각을 하지 않는다.

그렇다, 지금이 확실히 선을 긋고 싫다고 말하는 연습을 할 절호의 기회다. 당신은 앉은 자리를 떠나지 말고 이렇게 얘기하라. "만나서 반가웠어요. 그런데 전 친구랑 할 얘기가 좀 있거든요."

쓸데없이 변명을 하거나 거만하게 굴 필요는 없다. 그렇게만 얘기해도 충분히 단호하고 정확하게 행동하는 것이다. 핵심은 그거다. 절대 여지를 남기지 말아야 한다. 원하는 것을 공손하고 차분히 얘기한 뒤 그에게서 몸을 돌리면 그만이다.

만일 당신이 친구를 찾고 있는데 그 폭탄이 따라온다면? 당신은 이런 상황을 본 적이 있거나 직접 경험한 적이 있을 것이다.

이런 일이 생기면 돌아서서 이렇게 얘기하자. "관심 가져주셔서 감사한데요, 전 친구랑 단 둘이 할 말이 있거든요." 그리고는 그에게서 완전히 몸을 돌려버려라. 만일 그가 당신의 어깨를 친다면 조용히 이렇게 말하면 된다. "죄송하지만 절 그냥 놔두실래요? 전 관심 없어요." 이쯤하면 그도 알아들을 것이다.

혹시 그가 마음이 상할까 걱정할 필요는 없다. 그와 아는 사이도 아니고 빚진 것도 없으니, 그냥 공손히 거절만 하면 된다. 다 큰 어른인데 잘 알아서 하겠지.

길을 걸으면서, 동네 슈퍼에서 음식을 사면서, 혹은 헬스장에서 운동을 하면서 다른 이들과 눈을 마주치고 미소를 지어라.

그리고 혹시라도 외롭다고 느끼거나 다른 곳에 가고 싶다고 해도 얼굴을 찌푸리고 땅을 쳐다보면서 걷지는 말자. 그러면 당신에게 말을 걸고 싶어도 그럴 수가 없다.

회사에서도 인상을 쓰고 바쁘게 뛰어다니지 말자. 옆 부서의 괜찮은 남자가 당신에게 관심이 있다 해도 그는 '아냐, 그녀는 나한테 관심 없을 거야'라고 생각할 가능성이 크기 때문이다.

또 잡초들이 자라도록 내버려둬서는 안 된다. 우리는 자신의 헤어스타일이 완벽하지 않은 날이면 고개를 숙이고 남자들에게 웃지도 않는 여성을 알고 있다. 그녀는 "난 지금 머리 때문에 기분이 별로니까 쳐다보지 마세요."라는 분위기를 풍기고 다닌다. 그녀는 새로운 사람들에게 마음을 열지도 않고 마치 안개 속을 걷는 사람처럼 먼 곳을 바라보거나 친구에게 문자를 보낸다. 그런 사람들의 보디랭귀지 역시 '접근금지'라고 말하고 있는 것이다.

당신은 오늘 옷을 예쁘게 차려 입고 밖에서 맛있는 음식도 먹고 웃으면서 남자들과 눈도 마주치고 두 시간 동안 즐겁게 놀고 집에 와서 〈오프라 윈프리 쇼〉를 봤는가? 훌륭하다. 외출도 하고 남자들과 눈도 마주치고! 또 훈남들이 많다고 소문난 집 근처 우체국에 가는데 평소보다 더 신경을 쓰고 갔다고 해보자. 비록 그날은 씨앗을 모으지 못했을지 모르지만, 당신은 편하고 자신 있게 외출하는 법을 연습했으며 어쩌면 누군가가 당신을 지켜보게 되었을지도 모른다. 당신의 신비로움에 한발 더 다가선 것이다. 그저 집에서 TV만 보고 있다면 달라지는 것은 아무것도 없을 것이다.

여기 또 주의할 것이 하나 있다. 전화하면서 걷지 말자. 그러면 당신에게 접근하기가 매우 힘들어진다. 전화 통화에 몰두하거나 문자 메시지를 쓰는 척하지 않는다면 누군가를 만나기가 더 쉬워질 것이다.

바닥을 내려다보지 말고 핸드폰을 꺼내지도 마라. 이런 행동은 절대 아무 일도 일어나지 못하게 쐐기를 박는 것이나 마찬가지다. 무슨 일이 있을 수도 있는데 말이다. 어떤 쪽이 좋은가?

● 종교 혹은 문화적 믿음

많은 사람들이 아주 강한 종교적 혹은 문화적 믿음을 갖고 살아간다. 그들은 보통 같은 사고방식을 가진 배우자를 만나야 한다고 생각한다. 때문에 그런 믿음을 갖고 있다면, 종교 행사에 참석하는 것은 매우 좋은 방법이 될 수 있다. 당신과 같은 가치관을 가진 배우자를 만날 환상적인 기회이기 때문이다.

재키는 회사에서, 친구를 통해서, 혹은 학원에서, 심지어 인터넷을 통해서 사랑을 찾기 위해 몇 년간 노력해 왔다. 그녀의 어머니는 교회에서 짝을 찾으면 좋겠다고 늘 얘기했지만 재키는 별로 내키지 않았다. 그저 엄마가 구식이라고만 생각했다. 하지만 더 이상 데이트할 사람을 찾을 수 없을 때가 오자, 그녀는 결국 포기하고 교회 모임에 나가기 시작했다.

그런데 놀라울 만큼 반가운 일이 재키를 기다리고 있었다. 배우자로 늘 원하던 조건을 모두 갖춘, 자신과 너무나 똑같은 생각을 가진 남자를 만난 것이다. 그녀는 마침내 자신의 이상형 리스트를 완벽하게 충족시킨 남자를 만났다. 그들은 곧 결혼할 예정이라고 한다. 물론 그들이 처음 만난 교회에서.

◐ 매치 메이커

남자를 소개시켜주는 대가로 몇 천불씩 받으면서 당신이 원하는 모든 것을 갖춘 남자를 소개시켜주겠다고 약속하는 매치 메이커들이 있다. 그들은 당신의 데이트 인생을 한 방에 청산해줄 수 있는, 주로 돈 많은 전문직 남자들을 확보하고 있다고 큰소리를 친다.

하지만 이렇게 조건을 따져서 남자를 만나는 것은 비용이 많이 들 뿐만 아니라 낯선 사람에게 자신에 대해서, 또 어떤 데이트를 원하는지에 대해 얘기해야 한다는 번거로움이 있다. 그리고 그들이 당신과 비슷한 취향이나 취미를 가진 남자를 소개시켜 주기를 기다려야 한다.

이는 결국 표면적인 특성이나 조건을 갖춘 남자를 만나기 위해 거금을 들이는 것으로, 당신이 정말 원하는 남자를 만나기에 좋은 방법은 아니다. 돈을 많이 들인다고 해서 괜찮은 남자를 만날 기회를 보장받을 수는 없다.

◐ 스피드 데이트

스피드 데이트란 최근 대도시를 중심으로 선풍적인 인기를 끌고 있는 데이트 방식으로, 일정한 돈을 내고 여러 이성들을 한자리에서 만나는 것이다. 한 장소에 모인 남녀들은 돌아가면서 5분에서 7분 정도 서로를 소개하고 인사를 나눈다. 그리고는 다시 다음 사람으로 넘어가는 것이다. 이벤트가 끝날 무렵에는 다시 만나서 좀 더 길게 얘기를 나누고 싶은 남자를 선택할 수 있다.

이 방법을 시도한 사람들도 많은 것이다. 물론 우리도 이런 방식으로 새로운 사람을 만날 가능성을 무시할 생각은 없다. 하지만 그 이벤트에 참석하는 많은 남자들은 그저 하룻밤 같이 놀 여자를 찾는 경우가 많고, 또 많은 여성들이 남자에게 선택받지 못하고 돌아서는 경우가 많아서 오히려 자신감을 잃어버리거나 버림받은 느낌을 받는다고 한다.

스피드 데이트를 하고 싶다면 그저 새로운 경험을 하는 것에 의의를 두고, 그 이벤트에는 큰 기대를 하지 않는 것이 좋다. 또 혹시 당신이 어떤 남자에게 호감을 느꼈는데 그는 당신에게 관심이 없다면, 이것은 거절이 아니다. 누군가와의 10분에 대한 환상이 있다면 당신은 곧 고통의 세계로 들어설 것이다. 고통의 참맛을 맛보는 대신, 자신의 토양을 어루만지면서 시간을 보내는 것이 좋지 않을까?

● 친구의 친구

친구들은 남자를 만나는 좋은 방법이 될 수 있다. 그들의 남성 친구들과 당신이 공통점이 많을 수도 있고 운이 좋게도 그 중 하나와 라이프스타일이나 가치관이 비슷할 수도 있다. 하지만 당신의 친구들은 종종 의도하지 않은 순간에 서로를 소개시켜주어 오히려 재앙을 가져오는 경우가 있다.

만일 친구가 누군가를 소개시켜주겠다고 밀어붙인다면 소개팅 대신 다른 친구들과 함께 만나거나 다 같이 저녁 식사를 하는 것이 좋다. 친구에게는 "내가 남자친구가 없고 누군가를 만나고 싶어 하는 거 알잖아. 혹시

나한테 소개시켜주고 싶은 괜찮은 사람 있으면 다 같이 저녁 먹자.”라고 말하자. 이는 데이트가 아니다. 그냥 처음 만나는 자리다. 또 아직 가능성을 체크해 볼 단계도 아니다. 친구가 소개시켜 주었다고 해서 그를 좋아하려고 애쓸 필요도 없다. 그리고 제발 친구가 그 남자에 대해 했던 칭찬들도 믿지 말자. 친구에게 그에 대한 많은 정보를 요구하지도 말고, 또 둘이 첫눈에 사랑에 빠질 수 있을까 미리 신경 쓰면서 에너지를 낭비하지도 말자. 이는 가짜 친밀함을 만든다. 친구의 친구이기 때문에 마치 그 남자를 이미 알고 있는 것처럼 느낄 수 있기 때문이다. 그리고 사실 단지 친구가 그를 매우 좋게 생각한다고 해서 꼭 그와 데이트해야 하는 것도 아니다. 그냥 단지 친구로 소개받는 것, 그 이상도 이하도 아니다.

그를 만날지 말지를 결정하기 전에 사진을 보여 달라고 해도 괜찮을까? 물론 괜찮다. 어떻게 생긴지도 모르는 남자와 함께 있어야 하는 상황을 만들 필요가 없으니 말이다. 이는 전혀 이상하거나 무례한 것이 아니다. 당신은 그저 사전 조사를 하는 것뿐이다.

만일 남자가 별로 맘에 들지 않는다면, 만나기 싫은가? 아니다. 유연성을 기억하라. 일단 그냥 그를 한번 만나보자. 모험을 해보는 것도 나쁘지 않다. 무슨 일이 생길지 어떻게 알겠나?

저녁 식사 파티나 다른 모임을 만들기 힘들다면, 그저 인사를 나눌 겸 15분 정도 차를 마시자고 해보자. 인터넷으로 남자를 만나는 것처럼 말이다. 그렇다고 그 자리에 당신의 친구를 데리고 갈 필요는 없다. 이렇게 하는 여성들이 꽤 많은데, 그런 자리에는 혼자 나가는 것이 좋다. 그냥 간단히 커피를 마시고 나서 정식 데이트 단계로 나아갈지 말지를 결정하면 된다. 그와 별로 잘 안 맞는 것 같으면, 친구에게 고맙다는 인사를 하고 당신의 감정을 말하라. "정말 괜찮은 남잔데, 우린 잘 맞지 않는 것 같아. 그래도 소개시켜줘서 너무 고마워."라고 말이다. 친구라면 누구든 이해할 것이다.

데이트하고 싶은 남자를 찾을 수 없다고 처음부터 우울해하지 말자. 매일 매일이 우리에게는 새로운 하루고, 이는 언제라도 세상에 발을 내딛고 새로운 경험을 하고 짜릿한 순간을 맛볼 수 있다는 뜻이다. 오늘 또 어떤 일이 일어날지 모른다. 그러니 밖으로 나가라.

그리고 주위에 있는 남자들에 항상 신경 쓰자. 또 당신에게 말을 걸기 어렵게 만들지 말자. 음악을 듣거나 큼직한 선글라스를 쓰고 조깅을 한다면 당신은 아무도 만날 수 없을 것이다. 아이팟을 귀에서 빼고 눈을 마주치면 웃어보자. 어떤 일이 생길지 궁금하지 않나?

당신이 가는 장소가 한정적일 수도 있다. 클럽도 안가고 인터넷 사이트에 가입할 시간도 없다면 새로운 누군가를 만나기가 매우 어려울 수도 있다. 그런데도 친구의 저녁 파티에 가지 않기로 결정했다면, 당신은 기회를 놓치는 것이다. 그 자리에 있지도 않는데 어떤 일이 생길지 어떻게 알 수 있겠는가?

자, 지금까지 모은 씨앗을 살펴보자. 그 씨앗들, 즉 그 남자들은 정말 가능성이 있을지도 모른다. 이제 그 가능성을 알아보기 위해 씨앗을 심어볼 때다. 만약의 경우를 대비해서 정원에는 적어도 둘 이상의 씨앗을 심어야 한다. 자, 이제 첫 데이트를 할 준비가 되었는가?

싫다고 말하기

진지하게 데이트하고 싶은 남자를 만났다고 가정하자. 이상형 리스트에 충족되는 사람이라 생각하고 만나고 있는데 무슨 이유에서인지 그 사람에게 사랑의 감정이 느껴지지 않는다.

하지만 그와 좋은 친구관계를 유지하고 싶다면? 혹은 당신의 좋은 이성친구가 갑자기 당신에게 데이트를 신청한다면 어떻게 할 것인가? 그의 감정을 상하게 하지 않고, 그를 거절하는 방법에는 어떤 것이 있을까?

우선 가장 중요한 것은 그에게 당신의 의도를 명확하게 알려주는 것이다. 잠시 어색할 수 있지만 관심이 없다는 것을 바로 알려주는 것이 불명확한 태도 때문에 그가 희망을 가지고 계속 밀어붙이는 것보다는 훨씬 낫지 않을까?

만일 누군가와 데이트하고 싶지 않을 때, 남자친구가 있다고 거짓말을 하거나 "저도 정말 데이트하고 싶은데 앞으로 6개월간 출장 가야 해서요." 등의 구차한 변명을 할 필요는 없다.

당신의 인생은 그의 관심사가 아니다. 그를 편하게 해줘야 한다고 생각하지 마라. 그냥 거절해도 괜찮다. 아니라고 말해라. 그리고 당신의 말에 맞게 행동하라.

첫번째 데이트

SW방법론 : 씨앗 뿌리기
데이트를 시작하자.
그가 데이트할 만한 사람인지,
두번째 데이트의 가능성이 충분한지 판단하자.

이제 지금까지 모은 씨앗들이 당신의 사랑의 정원에 뿌리를 내릴 수 있는지 알아
볼 순서다. 일단 진짜 데이트를 하기 전에 그를 미리 만나보자. 길게 만날 필요
는 없다. 그에 대한 정보를 좀 더 모으기 위해 간단히 커피를 마시고 짧은 대화
를 나눌 시간이 필요하다. 우리는 이것을 '사전 미팅' 이라고 한다.

사전 미팅은 마음에 드는 남자를 밝은 대낮에 만날 수 있는 기회다. 이 미팅에서 당신은 그와 진짜 데이트를 할 것인지 부담 없이 결정할 수 있다. 사전 미팅의 목적은 시간 낭비 없이 그가 만날 만한 사람인가를 결정하는 것이다. 간단하게 커피나 차 한 잔이면 충분하다! 당신은 그에게 투자를 하는 것이 아니다. 두 사람이 잘될 가능성만 알아보면 된다.

바에 앉아있는 매력적인 남자가 당신의 이상형처럼 보인다고 해서, 둘 사이에 불꽃 튀는 뭔가가 있다는 뜻은 아니다. 그래서 고전적인 데이트를 정식으로 시작하기 전에 객관적으로 그를 판단해봐야 한다는 것이다. 즉, 환한 대낮에 그를 만나봐야 한다. 그래야만 두 사람 모두의 에너지와 시간을 낭비하는 것을 막을 수 있다.

도시에서 제일 좋은 레스토랑에서 로맨틱한 저녁을 먹고, 그리고 아름다운 야경을 바라보면서 낭만적인 첫 키스를 하는 것이 완벽한 데이트라는 환상을 가지고 있는가?

하지만 아직은 그 남자를 잘 모르기 때문에 그와 SW방법론에 따른 진짜 데이트를 할 것인지 확신하기 힘들다는 것을 잊지 말자. 그래서 일단 짧고 달콤한 사전 미팅으로 시작하는 것이다.

명심하자. 아직 진짜 데이트가 시작된 건은 아니다. 그러니 새로운 옷을 사거나 리즈 위더스푼 스타일의 앞머리를 자르려고 미용실에 갈 필요는 없다. 그냥 그 새로운 남자와 커피만 한 잔 하면 된다.

과하게 준비를 하는 것은 그가 당신이 흥미를 가질 만한 사람인지를 알아보는 자리에 중요한 의미를 부여할 수 있다. 그가 별로일 수도 있는데 말이다. 그러므로 '첫 만남에서 어떤 일이 일어날까, 그와 잘 돼야 하는

데' 하는 시나리오로 환상을 가지지 말자.

사전 미팅의 목표는 보다 안전한 공공장소에서 그와 잠시 만나고 얘기하는 것뿐이다. 너무 강조한다 싶을 수도 있겠지만 그만큼 중요한 일이다. 또 그에게 집으로 데리러 오라고 하지 말자. 나중에 당신이 사는 곳을 알려주고 싶지 않을 수도 있을 테니 말이다.

● 첫 번째 데이트는 정식으로 하라

사전 미팅의 느낌이 좋았다면, 이제 그에게 진짜 데이트를 신청해도 된다는 것을 공식적으로 알려주자. 말 그대로 진짜 데이트 말이다. 음식을 시켜 먹고 TV를 보며 집에서 노닥거리는 것은 진짜 데이트가 아니다.

정식 데이트에는 계획이 있어야 한다. 그 계획이 레스토랑에서 저녁을 먹는 것이든 낮에 칵테일을 마시고 한가로이 공원을 거니는 것이든 간에 정식 데이트는 가벼운 것이 아니다.

SW방법론에서의 데이트는 계획과 관계있다. 계획은 그의 소파에 앉아 키스할 수 있도록 토요일에 전화해서 그날 약속을 잡는 것이 아니다. 그것은 그가 당신을 가볍게 생각하도록 하는 것이다. 절대 그래서는 안 된다! 당신은 목적과 의도를 갖고 데이트하는 것이다.

좀 더 명확하게 설명해보자. 밤늦게 직장 동료들과 술 약속이 있으니 아홉 시쯤에 술집에서 만나자고 하는 것은 데이트가 아니다. 그것은 절대 정식 데이트가 아니다. 만일 남자가 그런 식으로 만나자고 한다면 당신은 싫다고 말해야 한다.

당신은 어쩌면 그와 만나지 않는 것보다는 준비 없는 데이트가 차라리 낫다고 생각할 것이다. 당신은 그가 보고 싶기 때문에 이렇게 생각하는 것이 당연하다. 그래서 거절하기 힘들다는 것도 이해한다. 또 그것이 다소 충동적이고 섹시해 보일 거라고 생각하는 것도 알고 있다. 하지만, 사실은 그렇지 않다. 그는 당신과 데이트할 생각이 없는 것이다. 만일 그가 정말 당신과 함께 있고 싶다면 동료들과 술을 마시는 대신 당신과의 정식 데이트를 계획할 것이다.

수요일에 당신과 커피를 마신 멋진 남자가 토요일 아침에 전화를 걸어 밤에 만나자고 할 수도 있다. 그가 이렇게 즉석 데이트를 요청한다면, 간단히 "안 된다"고 답하라. "죄송하지만 안 되겠네요. 이번 주 초에 전화가 없어서 전 우리가 안 만날 거라 생각하고 다른 약속을 잡았거든요. 혹시 다음 주말에 만나고 싶으면 수요일 전에 연락주세요. 그럼 아마 약속을 잡을 수 있을 거예요."

와우! 이제 그는 당신을 만나려면 미리 데이트 계획을 세우고 준비해야 한다는 것을 확실히 알았을 것이다. 그는 당신이 신비로운 여성이라고 생각하고 흥미를 가질 것이다. SW방법론에서는 데이트를 승낙하기 위해서는 계획된 날로부터 적어도 3일 전에 신청을 해야 한다. 시간을 들이고 그를 기다리게 만들라.

정식으로 데이트를 하기 전에, 매일 밤 그와 통화하지는 말자. 계획을 세우기 위한 짧은 통화는 괜찮다. 물론 꼭 필요한 경우, 즉 부득이한 시간 변경이나 계획을 확인하기 위한 통화는 괜찮다. 하지만 겨우 커피 한 잔 마시고 나서 그와 새벽까지 통화하면서 미래의 꿈과 희망에 대해 얘기하지 말라는 뜻이다.

그런 행동은 너무 많은 기대감을 만들 수 있다. 그런 기대감은 앞으로의 데이트를 망칠 수 있고, 발전 가능성이 있는 관계를 망칠 수도 있다.

자, 이제 진짜 첫 번째 데이트가 눈앞에 다가왔다. 드디어 그 결전의 날을 위해 제일 마음에 드는 옷을 입고 머리를 하는 것에 흥분할 때가 온 것이다.

하지만 데이트 준비를 하는데 부모님이나 친구들을 끌어들이지는 마라. 첫 데이트는 마음에 드는 남자와의 발전 가능성을 알아보기 위해 좀 더 오랜 시간 만나는 것뿐이다.

정말 제대로 데이트하려면 어떻게 해야 할까? 줄리는 곧바로 만나자는 가벼운 약속에도 응하는 실수를 많이 저질렀다. 그저 햄버거나 먹자는 데이트에 나가기도 했다. 그녀는 그것이 진짜 데이트가 아니라는 것을 알았지만 자신의 행동을 변명하면서 이렇게 얘기했다. "그가 양키즈 플레이오프 티켓을 갖고 있었거든요! U2 콘서트 티켓이 있었는데 절 데리고 가고 싶다고 했단 말이에요!" SW방법론을 통해 관계를 발전시키려 한다면 콘서트를 한두 번 가지 못하는 것을 감수해야 할 것이다. 중요한 것은 이것이다. '이것이야 말로 절호의 기회야! 내가 승낙하지 않는다면 그는 다른 여자한테 물어볼 거야.' 라는 잡초들은 뽑아버려라!

그가 계획한 데이트는 그의 성격을 꽤 많이 드러내준다. 그가 하이킹을 가고 싶어 하는지 혹은 미술 전시회를 좋아하는지 등을 알려주는 것이다. 이제 겨우 시작이다. 당신이 그를 계속 보고 싶은지 그렇지 않은지도 잘 생각해보자.

고급 레스토랑에서 그와 얘기하는 중에 갑자기 이런 생각이 든다. '잠깐, 내가 형사야 뭐야?' 데이트를 하는 동안 그를 심문하려는 충동을 억제하라. 이는 절대 로맨틱하거나 즐거운 일이 아니다.

첫 번째 데이트의 목적은 할 수 있는 한 그에게서 많은 것을 알아내는 것이 아니다. 그의 경력이나 희망, 꿈 등을 조사하는 것이 아니란 말이다. 그리고 그의 미래에 당신, 즉 그가 제대로 알지도 못하는 여자가 있는지를 판단하는 것도 아니다. 대신 서로의 내면과 외면을 알아볼 수 있도록, 가벼운 주제에 대해 즐겁게 이야기하는 것이다.

또 그와 함께 있을 때 어떤 기분인지도 알아보자. 당신은 그에 대해 공부하려고 간 것이 아니다. 그가 어떤 느낌을 주는지, 다시 생각나는지, 그가 당신을 웃게 만드는지를 알아보는 것만으로 충분하다.

일과 개인적 취향에 대해 얘기하는 것은 괜찮다. 하지만 그가 향후 5년 안에 아이를 갖고 싶어 하는지에 대해서는 묻지 말라. 그가 사업을 하고 싶어 한다고 얘기할지도 모른다. 그렇다고 해서 거기에 돈이 얼마나 필요한지, 지금 돈을 얼마나 갖고 있는지에 내해 얘기하는 건 좋지 않다. 그의 집이 자신의 집인지 아니면 세를 살고 있는지도 묻지 말자. 그가 자신의 모든 것을 얘기한다고 해도 그런 것들은 그저 피상적인 정보일 뿐이다.

여자들만 데이트에서 질문을 해대는 것은 아니다. 남자들 역시 마찬가지다. 줄리가 만난 남자 중에는 줄리가 지지하는 정당을 궁금해 하는 사람도 있었다고 한다. 이는 첫 데이트의 대화로 별로 좋지 않다. 잘못된 대답은 상대방을 코너로 몰수도 있고, 과격한 말다툼으로 번지기도 한다. 그

첫 번째 데이트에서 정보를 모으는 방법

당신의 말에 그가 대답했다.

그가 질문을 제대로 파악하고 있나? 재미있고 재치 있거나 똑똑한가? 편안하고 어렵지 않은가? 그의 대답이 그에 대한 유용한 정보들을 던져주는가?

하지만 온라인 데이트 사이트에 올라와 있는 꾸며진 프로필처럼 많은 남자들이 대답을 연습하고 자신의 직업이나 미래 계획에 대한 코멘트를 연습한다는 것을 잊지 말자.

당신의 듣기 기술

말에 집중하는 것은 말하는 사람에 대해 감정적으로 집중한다는 것을 뜻한다. 누군가 당신이 말하는 단어 하나하나에 정말 관심을 가지고, 당신의 말에 감정을 이입하고 교감하려고 한다면, 그는 당신의 말을 정말로 듣고 있는 것이다. 당신은 데이트에서의 대화에서 얻는 인상과 에너지의 변화를 복합적으로 받아들이고 소통한다. 그의 말투나 숨결 그리고 반응(부드러운지 날카로운지, 애매모호한지 확실한지 등)의 속도에서 그에 대한 더 많은 정보를 얻을 수 있다.

그는 어떤 대화 상대인가? 당신이 하는 말을 정말 들어주고 있는가? 아니면 그저 표면적으로 듣는 척만 하는가? 판단을 보류하고 싶은가? 조용히 그가 하는 말의 내용이나 뉘앙스, 목소리를 듣고 싶은가? 그가 말로 표현하지 않는 욕구와 욕망을 마음 깊이 느끼고 있는가, 아니면 당신은 그저 당신이 듣고 싶은 말만 듣고 있는가?

질문하지 않고도 알 수 있는 정보들

그가 스스로 꺼내는 주제를 주시하자(혹은 그가 꺼내지 않는 주제). 혹시 그가 자신의 동생이 콜로라도에서 왔다는 것이 기쁘다고 했는가? 아니면 부모님과 함께 하는 추수감사절이 끔찍하다고 했는가? 당신과 어떤 주제에 대해 얘기하는가?

그의 질문들

이것은 당신에 대한 그의 관심을 나타낸다. 그가 당신의 업무 스케줄에 대해 묻는가? 당신의 가족? 당신의 직업? 그가 당신에 대해 궁금해 하는 것에 주목하자. 그리고 그런 정보가 왜 그에게 중요한 것인지 생각해보자. 우리는 첫 데이트에서 여성의 일에 대해서만 얘기하는 남자를 본 적이 있다. 결국 그 남자는 자신의 일 때문에 그녀를 만난 것으로 밝혀졌다.

가 엉뚱한 질문을 한다면 당신은 그냥 웃으면서 회피하면 된다.

첫 데이트에서 침묵이 흐른다고 겁낼 것은 없다. 대화가 잠시 끊길 때 많은 여성들이 그 정적을 쓸데없는 잡담으로 메우려고 시도한다. 하지만 잠시 참고, 그가 먼저 얘기하도록 놔두자. 이는 그가 대화를 유지할 수 있는지를 알아보는 좋은 방법이다.

당신 역시 그의 질문에 그저 간단히 '네, 아니오'라고만 대답해서는 안 된다. 데이트에서 그가 당신의 인생에 대해 물어본다면 그 주제에 대해 단정적으로 이야기하지 말자. 그저 당신의 삶에 대해 간단하고 재치 있게 얘기하자. 단답형으로 대답하면 대화가 끊기기 쉽다. 그가 당신에 대한 정보를 억지로 끄집어내게 하지 말자. 이는 정말 피곤한 일이다.

그가 "지금 하는 일이 맘에 들어요?"라고 물었는데 만일 당신이 "아니요"라고 대답하고 뒤에 설명을 하지 않는다면, 그는 당신이 어떤 사람인지 알기 힘들다. 좀 더 상세히 말해줘라. 예를 들면 "저한테는 좋은 기회라고 생각하는데, 사실 경쟁이 심하긴 해요. 전 언젠가는 제 회사를 차리고 싶어요."라고 대답한다면 그는 당신에 대해 많은 것을 알게 될 것이다. 그리고 곧바로 그에게 이렇게 질문해보자. "그럼 당신은 어때요? 원래부터 국사 선생님이 되고 싶었나요? 전 학교 다닐 때 독립전쟁에 대해 공부하는 것이 정말 재미있었어요."라고 말이다.

그리고 뻔한 대답은 하지 말라. 그가 듣고 싶을 거라고 생각하는 대답을 할 필요는 없다. 아직은 서로를 알아가려고 노력하는 단계다. 그가 왜 지방 대학을 선택했냐고 물으면, 그저 그 대학 경영학과가 아주 좋았기 때문이라고 대답하고는 그를 뻔히 쳐다보지 말라는 것이다. 이렇게 대답할 수도 있다. 그 대학 프로그램이 완전 끝내줬다고, 그리고 외국에 교환학생으로 다녀올 수 있었다고 대답하는 것이 좋다. "실제로 이탈리아에 다녀올 기회가 있었어요. 정말 멋진 한 해였죠."

민감한 주제, 혹은 부끄러운 주제로 대화의 방향을 틀지 않도록 주의하자. 언제나 안전한 주제에만 충실하자. 아무리 궁금하다고 해도 왜 결혼에 실패했냐고 묻거나, 교회에 대해 어떻게 생각하는지도 물어서는 안 된다. 첫 데이트를 위한 안전한 주제에는 직장, 취미, 기호, 친구, 생활환경이나 애완동물 등이 있다.

그가 당신에게 반했다는 것을 어떻게 알 수 있을까?

많은 여성들이 남자와 짧은 기간을 만나고, 그가 정말 괜찮은 사람이라고 생각한다. 그리고 상대방도 그렇게 느낄 것이라고 추측한다. "나는 그게 정말 진짜일 거라고 믿어!"라는 함정에 빠지기 전에, 그 역시 당신에 대해 그렇게 느끼는지 알아볼 수 있는 방법을 배워보자.

"그가 정말 당신에게 반했는지" 알 수 있는 체크리스트

∨ 그가 당신과의 데이트에 정말 설레는 것처럼 보이는가?

그가 당신을 감동시키려고 한다면, 그저 되는 대로 데이트하지는 않을

것이다. 그가 공들여 옷을 고른 것처럼 보이는가? 아니면 그저 빨래 바구니에서 꺼낸 것처럼 구겨진 셔츠를 입고 집에서 바로 뛰쳐나온 사람처럼 보이는가?

∪ 미리 계획을 세웠는가, 아니면 당신과 모험을 하려고 하는가? 제시간에 맞춰서 도착했는가? 그가 멋진 분위기의 레스토랑을 미리 정해놨는가?

∪ 그가 당신에게 좋은 인상을 주려고 노력하는가? 신사답게 행동하는가? 당신을 위해 문을 열어주는가? 그가 당신에게 테이블의 어느 쪽에 앉을지 물어보는가? 당신이나 다른 사람에게 예의 바르게 행동하는가?

∪ 그가 자신에 대해서만 주절거리는가, 아니면 당신에게 질문을 하는가? 당신에 대해 알고 싶어 하는 것은 무엇인가? 당신이 얘기할 때 그가 제대로 듣고 있는가?

∪ 그의 보디랭귀지는 어떤 말을 하는가?

"내가 정말 그에게 반했는지" 알 수 있는 체크리스트

첫 데이트를 하고 나서 아래의 질문을 해보자.

⊙ 그를 만나는데 설레었는가, 아니면 목요일 밤에 더 나은 계획이 없어서 그냥 나간 것인가?

⊙ 그에게서 즉시 눈에 띄는 어떤 것이 있었나? 첫 데이트에서 그에 대해 알게 된 것은 무엇인가? 당신은 이런 정보를 모았을 수도 있다.

- 그는 자상한 남자다(레스토랑의 종업원들에게 예의 바르게 행동했다).

- 그는 관대한 남자다(그는 팁을 후하게 줬다).

- 그는 융통성 있는 남자다. 분명 낯선 사람이나 뜻하지 않은 일에도 불편해 하지 않는다(음료가 늦게 나왔다거나 주문한 음식이 잘못 나왔을 때도 잘 처신했다).

- 그는 매너가 좋다(상스러운 말을 쓰지 않고, 데이트에서 휴대전화를 만지작거리지도 않았다).

- 그는 성질을 부리거나 성격이 나빠 보이지 않았다(다른 사람이 실수로 부딪혔을 때 웃고 말았다).

폭탄 발언에 대처하는 방법

첫 데이트에서 가끔 이런 일이 일어나기도 한다. 당신은 확실하게 보이는 씨앗을 모았다고 생각했다. 사전 미팅도 좋았다. 그런데 와인을 마시고 있을 때 그가 폭탄을 터뜨린 것이다. 예상치도 못한 쇼킹한 정보에 어떻게 대처할 것인가?

이런 일이 있었다. 줄리는 잘생기고 재미있고 자상하고 재치 있는, 30대 중반의 이혼남 스탠을 만났다. 첫 데이트에서 둘은 서로 잘 맞는 것처럼 느껴졌다. 줄리는 그와 농담을 주고받으며 그의 이야기에 웃었다. 그런데 샐러드를 먹는 동안 그가 아무렇지도 않게 이런 얘기를 했다. "줄리, 지금이 내가 살아오면서 최고의 데이트에요. 정말 당신을 또 만나고 싶어요. 참, 이 얘기는 아직 안 한 것 같은데. 뭐 별로 중요한 얘기는 아니지만, 아직 이혼한 건 아니거든요. 별거 중이긴 한데 곧 이혼할 거예요. 마누라는 날 절대 이해하지 못하거든요."

펑! 폭탄이 떨어진 것이다. 만일 폭탄이 첫 데이트에서 터진다면 즉시 거기서 대피해야 한다. 그 씨앗은 앞으로 더 두고 볼 것도 없다.

별거 중인 남자는 절대 안 된다

그렇다면 별거 중인 남자와는 데이트를 해야 할까? 아니, 그런 남자는 가차 없이 내다 버려라! 뒤도 돌아보지 말고! 적어도 이혼 서류의 도장은 마르고 데이트해야 하지 않는가? 그리고 만일 그가 별거 중이면서도 이혼했다고 말한다면, 그는 당신에게 거짓말을 하는 것이다. 자신에 대해 제대로 말하지 않은 것이고, 이는 매우 중요한 일이다. 자신의 삶에 대해 또 어떤 것을 숨기고 있을지 모르기 때문이다. 그에게 이혼 절차가 끝나고 나서 연락하라고 말하고 뒤돌아서라!

절대로 그가 자신의 부인을 정말 떠나고 싶은지 아닌지를 판단하도록 도와주는 여자가 되지 마라. 또 그가 자신의 부인과 아이에게 돌아가기 전에 바람 피는 상대가 되지 마라. 만일 그가 정말 제대로 된 남자라고 생각되면, 이렇게 말할 수 있다. "전 당신이 정말 좋은 남자라고 생각해요. 이혼하고 나서 꼭 전화주세요. 고마웠어요."

별거 중인 남자는 보통 혼자 있는 것을 싫어하기 때문에 별거를 시작하자마자 곧바로 데이트 사이트로 달려간다. 하지만 대부분의 여성들이 별거 중이라고 하면 자신과 얘기도 하지 않으려는 것을 알고 있다. 그래서 이혼했다는 거짓말을 하는 것이다. 다시 한 번 말하지만 이혼 서류에 도장을 찍기 전까지는, 그는 유부남이다.

이렇게 생각해보자. 그의 내면에 있는 사랑의 정원에는 그가 가꾸고 키워온 뿌리 깊은 꽃이 있다. 바로 그의 부인이다. 그는 당신이 필요로 하고 응당 받아야 할 충분한 자원을 줄 처지가 못 된다.

법적인 별거 조약이 있는지 물어보라. 혹시 아직도 부인과 같은 집에 살고 있는가? 진정으로 그와 깊은 관계로 발전할 만한 가능성이 있다고 생각한다면, 당신은 이런 질문을 할 권리가 있다. 하지만 이 남자가 적어도 지금은 사귈 만한 사람이 아니라는 것을 다시 한 번 명심하라.

느낌이 오지 않는다면?

첫 데이트가 별로 좋지 않았다면 어떻게 해야 할까? 화장실에 간다면서 몰래 레스토랑을 빠져 나가는 것은 정말 무례한 짓이다. 테이블에 앉아 사태를 파악하기 전까지 당신을 기다리고 또 기다리는 불쌍한 남자를 상상해보라. 슬프기까지 하다. 그때는 식사를 끝내고 디저트는 필요 없다고 한 다음, 이렇게 말하자. "저녁 고마웠어요. 만나서 반가웠어요. 좋은 저녁 되세요."

단, 남자가 너무 고압적이거나 심하게 무례한 경우는 데이트를 중단하고 떠나도 된다. 이 외에 대부분의 경우에는 그냥 이렇게 얘기하는 것이 제일 좋다. "저녁 잘 먹었어요. 좋은 밤 되세요." 그가 당신에게 전화하겠다고 한다면 이렇게 덧붙여라. "미안해요, 우린 잘 안 맞을 것 같아요."

당신은 그를 거부하거나 모욕하는 것이 아니다. 대신 당신이 그에게 어울리는 짝이 아니라고 부드럽게 얘기하는 것이다. 그와 악수하고 당신의 길을 가라.

첫 번째 데이트 후 연락이 오지 않으면?

첫 번째 데이트 이후, 여러 상황이 발생할 수 있다. 이때, 그에게 너무 빨리 집착하지 않는 것이 중요하다.

줄리는 맷과 즐거운 시간을 보냈다. 하지만 그에게서 연락이 없었다. 그들은 재미있는 퐁듀 레스토랑에 가서 끈적이는 치즈에 빵을 찍어먹고, 서로의 직업과 취미 등에 관한 얘기를 나눴다. 줄리는 그에게 다음날 떠날 뉴욕 출장에 들떠있다는 것도 얘기했다. 맷은 줄리에게 며칠 후에 전화를 해서 다시 만날 것을 약속했다. 하지만 그것이 끝이었다.

줄리는 그의 신호가 너무나 긍정적이었기 때문에 무엇이 잘못된 건지 이해할 수 없었다. 결국 그녀의 MFDA가 그녀를 괴롭히기 시작했다. 제발 첫 데이트에서 했던 대화를 수천만 번 돌려보지 마라. 잡초에 물을 주지 말란 말이다! 당신이 수프를 먹고 나서 트림했다고 전화를 안 하는 것이 아니다. 많은 이유가 있을 수 있기 때문에 스스로를 자책하거나 거절당했다고 생각해서는 안 된다. 제발 그만 생각하라. 제발!

왜 그는 전화를 하지도 않을 거면서 전화 하겠다고 했을까? 당신은 이것이 궁금할 것이다. 불행히도 어떤 남자들은 그럴 의도가 하나도 없으면서도 데이트가 끝날 때 꼭 "전화 할게요"라고 말해야 한다고 생각한다. 이런 부류의 남자는 다른 사람을 늘 기분 좋게 해줘야 한다고 생각하고 데이트마다 좋은 기분을 남겨야 한다고 생각한다.

자, 당신은 끝내주는 첫 데이트를 마치고 방금 집으로 돌아왔다. 데이트는 너무 즐거웠고 벌써 자정이 다 됐지만 그에게 너무 전화하고 싶다 하더라도 절대 그러면 안 된다! 당신은 그가 다음 행동을 할 때까지 기다려야한다.

문자 메시지에 바로 답장을 보내지 마라

데이트의 분위기가 너무 좋았고 그가 그날 밤이나 며칠 후에 전화를 했다고 해보자. 이것을 '그의 차례'라고 한다. 일단 그가 연락을 하면, 당신은 우리의 '연락 주고받기 법칙'을 따르면 된다. 당신은 아마 우리가 게임을 하도록 부추긴다고 생각할 수도 있다. 하지만 이는 게임이 아니다. SW방법론에 게임은 없다. 실제로 적절하게 자신의 차례를 기다리는 법을 배우는 것이다. 그의 전화에 며칠 기다렸다가 연락하는 것은, 기대를 쌓는 것은 물론이고 당신이 과정을 제대로 지키고 어떤 것에도 급하게 뛰어들지 않는다는 것을 명백히 말해준다.

연락 주고받기 법칙은 밀고 당기기를 즐기는 것이다. 당신이 공을 그의 코트로 다시 넘겨 보냈을 때 무슨 일이 생길지는 아무도 알 수 없다. 그러나 당신의 페이스에 맞춰 공을 넘기는 그의 능력은 정식 데이트에서 매우 중요하다.

그의 문자 메시지에 바로 답장을 보내지 마라. 당신의 차례를 즐기고 짜릿함이 생기게 하라. 그리고 하루 정도 기다린 다음 답을 보내라. "고마워요. 저도 즐거웠어요."라고 말이다.

남자에게 너무 집중하지 않고도 명확한 신호를 보냈기 때문에, 그는 당신이 데이트를 더 하고 싶어 한다는 것을 알 것이다. 그러므로 그가 전화해서 당신에게 정식 데이트를 더 요청하도록 기다려라. 만일 그가 당신에게 맞는 남자라면 그는 이런 것을 좋아할 것이다.

그가 전화를 하면 우리의 '연락 주고받기 법칙'을 따르라. 전화는 간단하고 친근하고 명랑해야 한다. 하지만 어디까지나 그 주된 목적은 데이트를 계획하는 것이다. 첫 데이트가 끝나고 그가 너무 빨리 전화를 하면 그냥 자동 응답기가 받도록 내버려두라. 당신의 차례를 즐기고, 그에게 곧바로 다시 전화해서는 안 된다는 것을 기억하자.

이틀 후에 그에게 전화를 하라. 왜냐하면 이것이 법칙의 주기를 완성시키기 때문이다. 즉, 그가 전화를 하면 당신이 다시 응답하는 것이다. 그런데 만일 그가 데이트가 끝나고 며칠 있다가 전화를 한다면 당신은 전화를 받아야 한다.

만일 당신이 전화를 못 받는다면 다음날까지 기다렸다가 다시 전화를 해야 한다. 그리고 그가 음성 메시지를 남기면 당신도 그에게 짧은 메시지를 남겨라. 농담 같은 것은 빼고 이렇게 말하자. "안녕하세요, 줄리에요. 다시 전화주세요."

예를 들어, 토요일에 정말 괜찮은 남자와 데이트를 했다. 그리고 그 남자는 일요일에 문자를 보내서 즐거웠다고 한다. 월요일에 당신은 그에게 짧지만 사려 깊은 답문을 보낸다. 주말에 당신을 만나고 싶다면, 그는 늦어도 수요일에는 전화를 해서 정식으로 데이트 신청을 해야 한다.

수요일에 전화를 하긴 했지만 데이트 신청을 하지 않는다면, 신경 쓸 것 없다. 그럴 수도 있다. 하지만 그가 목요일에 전화를 해서 금요일에 만나자고 한다면 당신은 시간이 없다고 거절해야 한다. 좀 더 격식을 차려 데

이트하게 만들라. 만일 그가 수요일에도 전화가 없다면, 친구들과 재미있

는 계획을 세워서 즐거운 주말을 보내라.

첫 데이트의 12계명

1. 그의 말을 경청하라. 그가 말할 때는 그의 눈을 바라보고, 그가 어떻게 얘기하는지, 무슨 얘기를 하는지에 집중하라.

2. 매력적으로 보여라. 하지만 그렇게 보이려고 너무 애쓸 필요는 없다. 화장을 과하게 하거나 번쩍거리는 드레스를 입고 나타나지는 말라는 뜻이다. 또 회사에서 입는 옷은 데이트 복장이 아니라는 것을 명심하자! 여성스럽고 예쁜 옷을 입고 데이트를 즐겨라.

3. 정식 데이트 전에 사전 미팅을 금요일이나 토요일 밤으로 잡지 말자. 너무 한가한 여성으로 보일 수 있다. 그럼 거짓말하고 바쁜 척하란 말인가? 집에서 혼자 앉아서 드라마 재방송을 보란 말인가? 절대 아니다! 주말에는 진짜 약속을 만들고, 사전 미팅은 주중에 하라는 뜻이다.

4. 첫 데이트에서 다음과 같은 주제는 피해야 한다. 서로의 옛 애인들, 실패한 연애경험담, 부모님과의 관계, 자산이나 부채 등

5. 두 잔의 법칙을 고수하라. 우리는 이를 강조한다. 혹시 당신이 칵테일 몇 잔을 마시면 완전 다른 사람이 된다면, 두 번째 잔은 꿈도 꾸지 마라!

6. 지갑을 꺼내지 마라. 그가 당신에게 만나자고 했으니, 그가 돈을 내야 한다. 구식이긴 하지만 이는 또한 매우 현대적이다. 만일 그가 당신의 남자친구가 된다면, 당신이 돈을 낼 기회는 얼마든지 있을 것이다.

7. 데이트가 끝날 때, 언제나 적당한 이유를 준비해 두라. 데이트가 너무 좋아서 같이 밤을 보내고 싶다고 해도 말이다. 이는 너무 늦게 같이 있거나 진도가 너무 빨리 나가는 것을 방지해준다.

8. 첫눈에 사랑에 빠지지 말라. 서서히 싹트는 사랑이 진정한 사랑이다. 지금은 많은 씨앗을 심을 때다. 그가 정말 당신이 기다리던 사람처럼 보인다 해도 섣불리 그에게 정착하지 말라.

9. 첫 데이트에서 너무 로맨틱해져서는 안 된다. 제대로 데이트하고 나면
   로맨스는 저절로 따라 온다. 그저 좋은 시간을 보내고 그와 함께 즐겨라.

10. 방심하지 말고 주시하라. 그가 웨이터에게 소리를 지르는가? 당신이 앞에
    앉아 있는데도 수시로 휴대전화를 확인하는가? 그의 긍정적인 면과 그의 부정
    적인 면 모두를 체크하라.

11. 당신의 보디랭귀지를 잊지 말라. 데이트에서 느껴지는 감정을 솔직하고
    즐겁게 표현하라. 만일 그가 맘에 든다면, 그의 행동을 따라하라.

12. 그가 매력적이라고 생각하면, 그에게 약한 스킨십을 하라. 하지만 첫 번째
    데이트에서 키스는 안 된다.

3개월 **탐색전** 돌입

SW방법론 : 꽃 피우기
정형화된 데이트 단계를 거치면서
여러조건들을 알아보자"

이제 무엇을 해야 할까? 아무것도 하지 마라. 당신은 원하는 것은 꼭 하고 마는 성격일 수도 있다. 그가 당신과의 관계를 발전시킬지 고민하는 것을 옆에서 그냥 기다릴 필요는 없다. 당신이 그에게 전화를 걸 수도 있다. 그러고 싶다면, 그렇게 하라. 하지만 가능하면, 제발 그러지 마라. 그에게 전화하는 대신 SW방법론을 더 공부하자.

당신은 둘이 정말 서로에게 잘 맞는지 알아볼 수 있게, 어느 정도 거리를 유지할 수 있는 현명한 여성이다. 자신의 신비로움을 사용하는 것을 잊지 말자. 그것이 그에게 전화하고 문자를 보내는 것보다 더 효과적이다. 당신이 맘에 든다면, 그는 당신이 잘 있는지 알고 싶어서 전화를 할 것이다. 그의 모든 전화나 문자, 혹은 이메일에 민감하게 반응하지 말자. 그냥 우리가 앞에서 언급했던 '연락 주고받기 법칙'을 따르면 된다.

어떤 경우에라도 연락은 그에게서 먼저 와야 한다. 당신은 그가 관심을 나타내기를 바라기 때문이다. 그가 당신을 만나고 싶다고 연락을 해온다면 그는 자신이 원하는 것을 분명하게 표현하는 것이다. 당신이 마음에 든다는 뜻이다. 이것이 바로 그가 당신에게 다시 데이트를 신청하도록 놔두어야 하는 이유이다.

명심하라. SW방법론을 따르고 있다면, 당신의 관심을 먼저 표현해서는 안 된다. 그가 의사를 표명할 기회를 주고, 그 후에 그가 다가오게끔 하라. 당신에게 주도권이 있으면 그는 그것을 뺏으려고 할 것이다. 남자들은 이 상황을 도전이라고 느낀다.

만일 당신이 데이트 중에 솔직히고 명확하게 당신의 호감을 표현했다면, 그는 무엇을 할지 알 것이다! 그리고 그는 당신이 정식으로 데이트하는 과정을 원한다는 것도 알고 있다.

만일 그가 연락을 하지 않는다면, 당신의 MFDA 잡초가 자라지 않게 관리하고 발전 가능성 있는 관계를 망치는 행동을 하지 않도록 주의해야 한다. 그가 전화를 왜 하지 않을까 걱정되더라도, 절대 불안함에 사로잡혀 전화를 하면 안 된다.

많은 여성들은 남자가 전화를 하지 않을 때 거절당했다고 느낀다. 그가 다시 데이트를 신청하지 않거나 혹은 어떤 식으로든 연락이 없다면, 이는 그가 당신에게 관심이 없다는 뜻이다. 그렇다고 그것에 상처 받을 필요는 없다. 그저 당신은 그에게 잘 맞는 여자가 아닐 뿐이다. 만나는 모든 남자와 불꽃 튀는 감정을 느낄 수 없다는 것을 잊지 말자.

● 계획한 정식 데이트만 응해라

그럼 이번에는 그가 수요일쯤에 전화를 해서 주말 데이트를 신청했다고 해보자. 그가 "저기 이번 주말에 같이 노는 건 어때요?"라고 말한다면, 잠시 멈추고 그가 당신의 시스템을 따르고 있지 않다는 것을 기억하자. 분명 이것은 정식 데이트 신청이 아니다. 그때는 당신의 시스템으로 그를 부드럽게 이끌어라. "저도 당신과 또 데이트할 생각은 있어요."

하지만 이 새로운 남자가 계획을 세워서 전화할 수도 있다. 그는 토요일에 당신과 동물원에 가서 로맨틱 핫도그를 먹고 싶어 한다. 환상적이다! 좋다. 어쩌면 이것은 당신이 꿈꾸던 데이트가 아닐지는 모르지만 그가 심사숙고했다는 것을 보여준다. 그는 당신과 뭔가 재미있는 것을 같이 하고 싶어서 계획을 짠 것이다.

아무리 동물원이 당신 스타일이 아니라고 해도 그의 계획을 거절하고 완전히 다른 무언가, 예를 들어 미술관에 갔다가 한적한 곳에서 점심을 먹자고 제안하려는 충동을 억제하라. 계획은 일단 그에게 맡겨야 한다. 오케이?

이제 다음 단계로 들어가 보자. 여기서는 '12번 데이트 법칙', '3개월 데이트 주기론'을 통해 첫 번째 데이트에서 미래를 약속하는 관계로 발전하는 방법을 알려줄 것이다.

두 번째, 세 번째, 네 번째 데이트가 첫 번째 데이트와 크게 다르지 않을지는 모르지만, 그 동안 당신의 목적은 늘 같아야 한다. 그와 즐거운 시간을 보내고, 그에 대한 정보를 계속 모으는 것.

앞으로 몇 주 동안 정식으로 데이트 하면서, 보디랭귀지의 신호와 신체 접촉의 진도를 조절하고, 당신을 만나려면 적어도 3일 전에는 전화를 해야 한다는 것을 알려줘야 한다. 왜? 당신은 바쁘니까. 당신에게는 당신의 인생이 있고, 다른 남자와 데이트를 하고 싶을 수도 있으니까!

당신은 일정을 조절하고, 그에게 구구절절 설명 없이 일정을 알려줘야 한다. 그는 당신의 메시지들을 통해 다양한 단계들에 대해 배울 것이다. 물론 당신이 SW방법론을 따르고 있다는 것을 그에게 말할 필요는 없다. 그에게 정식으로 데이트를 신청하게 한 것으로도 힌트는 충분하다.

당신의 데이트가 어떻게 진행될지 한번 살펴보자. 당신은 3개월 동안 매주 한 번씩 그와 데이트를 할 것이다. 즉, 그와 매일 만나지는 않을 거란 말이다. 물론 모든 주말을 그와 함께 보내지도 않는다. 게다가 로맨틱한 저녁 식사를 마친 다음 주에, 그와 매일 전화 통화를 해서도 안 된다. 아직은 이 관계가 진지하고 깊고 오래 지속될 만한지 공식적으로 알지 못하기 때문에 정식 데이트를 적어도 12번은 해야 한다.

그가 좋은데 왜 주말을 그와 보내면 안 되는 것일까? 이는 우리가 종종 받는 질문인데, 의외로 대답은 간단하다. 당신은 아직 그가 정말 어떤 사람인지 모르기 때문이다. 당신은 아직 그를 보이는 것만으로 좋아하고 있을 것이다. 하지만 그것이 정말 그의 참모습일까? 시간이 말해줄 것이다. 그가 당신의 남자친구가 되기에는 혹은 친구에게 남자친구가 생겼다고 말하기에는 아직 갈 길이 멀다. 아직 11번의 데이트가 남았다.

물론 지금은 서로가 뜨겁다. 하지만 그 불같은 열정을 앞으로도 계속 지속할 수 있는가? 첫 번째 혹은 두 번째 데이트가 좋았다고 해서 이후 매일 만나고 함께 시간을 보낸다면 어떻게 될까? 그저 일주일에 6일 연속으로 누군가와 시간을 보낸다고 해서 두 사람이 진정으로 가까워졌다고 말할 수 있는 것은 아니다. 그저 그의 새 LCD TV 앞에서 뒹굴면서 시간을 보내는 것뿐이다.

SW방법론의 핵심은 당신이 그를 정말 좋아할지를 결정하기 전에, 제대로 된 시스템을 통해 발전 가능성이 있는 관계를 가꾸어 나가는 것이다. 당신 스스로 진도를 조절하는 것이 중요하다!

짧은 기간 동안 만난 사람에 대해 몇 시간 동안 일기를 쓴다면, 둘이 이미 커플이 된 것처럼 가까워졌다고 착각할 수 있다. 아직 커플이 아닌데도 말이다. '선 조사 후 투자'의 법칙을 잊지 말자.

그리고 어떤 씨앗을 심었던 간에, 이제 막 땅에 심은 씨앗에 물을 너무 많이 주어도 안 된다. 물에 잠길 수도 있기 때문이다. 앞으로 어떤 일이 벌어질지에 대한 기대감을 즐기고, 모든 열정을 쏟아 부은 키스에서 진짜 섹스를 하기 전까지는 에너지를 아끼고 참을성 있게 기다려야 한다. 이것이 일주일에 한 번만 만나야 하는 이유이다. 명심하자. 더구나 세상에는 이 남자만 있는 것이 아니다. 당신은 다른 시간에 다른 남자들과 데이트를 할 수도 있다.

이 3개월 동안은 일주일에 서너 번씩 전화통화를 하지는 말자. 당신은 그와 일주일에 한두 번 정도 약속을 하고 계획을 세우기 위해 짧게 통화하는 것으로 만족해야 한다.

전화하기, 이메일쓰기 혹은 문자보내기 과정에서도 '연락 주고받기 법칙'은 꼭 계속해야 한다. 또 이렇게 하면 당신만의 시간을 더 많이 가질 수도 있다. 하지만 그 시간 동안 당신의 자원들을 잘 관리해야 한다. 당신의 토양을 부드럽게 하는 것도 잊지 말자.

데이트 일정표 활용법

'12번 데이트 법칙'이 진행되는 초기 단계에는 다른 남자를 만나보자. 모든 가능성을 열어두고 있어야 한다. 주중과 주말을 나누어 데이트 일정을 조정하거나 같은 날 점심과 저녁을 나눌 수도 있다. 하루에 두 건은 너무 바쁘다고? 머리도 했고 예쁜 옷도 입고 공들여 꾸몄다. 단 몇 시간만 보이기에는 너무 아깝지 않은가?

많은 여성들이 동시에 여러 사람을 만나는 것이 쉽지 않다고 말한다. 여러 사람과 연락을 주고받고 데이트 일정을 짜는 것이 힘들다고 말이다. 이런 문제를 해결하기 위해 우리는 당신의 사랑의 정원에서 무엇이 자라고 있는지, 당신이 만나고 있는 남자들과 어떤 단계인지 관리할 수 있는 '데이트 일정표'를 만들었다.

줄리의 일정표를 보도록 하자. 우리는 연락을 주고받은 수많은 기록들을 어떻게 정리하는지 볼 수 있도록 주간 계획을 첨부했다. 이 일정표는 각 관계의 발전 가능성을 명확하게 평가하는 데에도 도움을 준다(이 계획표는 www.AtopWonderingBook.com에서 다운받을 수 있다).

계획표를 효율적으로 사용하기 위해서는 이를 정기적으로 체크해야 한다. 모든 전화와 문자메시지 혹은 그에게서 받은 이메일 등을 기록하라. 이는 또 당신이 전화 주고받기 주기를 쉽게 유지하는 데도 도움이 된다.

계획표의 오른쪽에는 두 가지 문구가 있다. 이번 주에 새로 난 잡초와 MFDA의 증상들이다. 그와 상호작용하면서 느낀 당신의 느낌과 감정들을 추적하고 떠오르는 생각들을 구체적으로 적어라. 그렇게 하면 당신은 MFDA 증상들이 당신을 부담스럽게 할 때 이를 알아챌 수 있다. 만일 증상이 생기면 기초 작업을 더 해야 한다.

이 계획표를 사용한다면, 데이트를 관찰하고 솟아나는 잡초를 관리하기가 훨씬 쉬울 것이다. 당신이 만나는 남자에 대한 정보들, 전화를 몇 번 하는지, 장점과 단점은 각각 무엇인지 등 기록해두면 발전 가능성을 가늠하기가 더 쉬워진다.

주간 개요의 마지막 항목은 발전 가능성이다. 이는 데이트하는 남자에 대한 당신의 전반적인 느낌으로 매긴 점수이다. 점수는 1에서 5까지가 있는데, 5가 가장 높은 점수다.

즉 가장 발전 가능성이 높고 잘 맞을 것 같은 사람이 5, 그리고 제일 낮은 사람이 1이 되는 것이다. 여기에는 정답이 없다. 그에게서 받은 인상이 좌우하는 것이고 매주 바뀔 수도 있다. 때문에 매주 계획표를 업데이트하는 것이 중요하다.

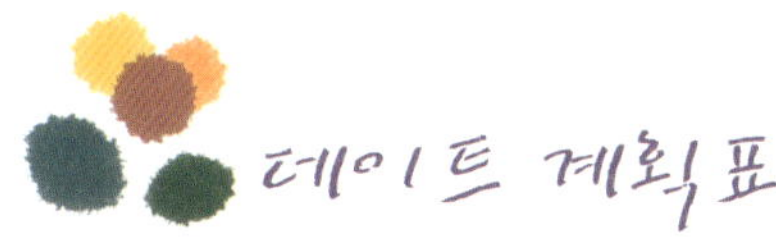

월요일

데이브: 이메일
리온: 전화
맥스: 이메일
브렛: 이메일

화요일

리온: 사전 미팅
브렛: 이메일

수요일

데이브: 전화
브렛: 이메일, 문자

목요일

리온: 전화, 문자
브렛: 전화

금요일

데이브: 두번째 데이트
리온: 이메일, 선화
맥스: 전화

토요일

리온: 문자
브렛: 전화
맥스: 세번째 데이트

일요일

브렛: 문자

이번 주에 새로 난 잡초

전 남친 만큼 괜찮은 남자를
　　찾기는 힘들 것 같아

시간이 없어.
　　빨리 누군가를 만나야 해.

데이트는 재미없어.

내가 더 예뻤다면 누군가를
　　더 쉽게 만날 텐데.

MFDA 증상들

정신적:
　데이트와 전화 내용들을
　계속 생각하는 것을 멈추기가 힘들다

감정적:
　브렛이 주말에 데이트를
　신청하지 않아 우울하다

행동적:
　난 브렛과 리온에게
　너무 많이 전화한다.

신체적:
　데이브와 데이트하는 동안
　손에 땀이 너무 많이 났다.

　리온과 연락을 끊고
　잠을 제대로 못 잤다.

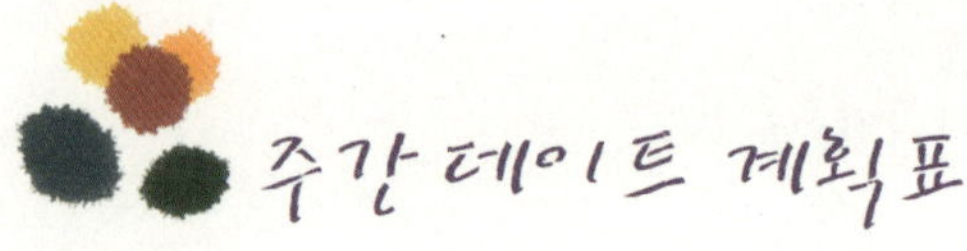

주간 데이트 계획표

이름	E 메일	전화	문자	데이트 횟수	모 은 정 보	발전 가능성
데이브	1	1	0	두 번	조금 내성적 예의바름 테니스를 좋아 함 일을 즐거워 함 별로 전화를 많이 하지 않음 다른 사람들에게 친절함	4
리 온	1	3	2	사전 만남	첫 주에 엄청 연락 많이 함 직접 만나니 별로 재미있지 않음 조금 우울해 보임 성적인 멘트를 날림	1
맥 스	1	1	0	세 번	매우 잘나가는 남자 일 때문에 엄청 바쁨 데이트에 항상 늦음 같이 있으면 재미있음 술을 좀 많이 마심	3
브 렛	3	2	2	없음	첫 데이트에 시간이 오래 걸림 사적 정보들을 많이 얘기해줌 내게 너무 들이댐 미래에 대해 이야기함 폰섹스를 하고 싶어 함	4

매주 각 남자에게서 얻은 정보를 돌아보고, 그와의 특별한 경험을 상기하면서 지난 몇 주간의 일들을 돌이켜볼 수 있기 때문이다.

섹스는 12번 데이트 법칙의 마지막 코스다

하룻밤 가볍게 누군가를 만나는 것은 관계의 발전 가능성을 알아보는 아주 나쁜 방법이다. 왜냐하면 대부분의 경우, 기초가 다져지기도 전에 보다 진지한 무언가를 망쳐 버리기 때문이다. SW방법론에서 섹스를 한다는 것은 서로를 책임지는 관계라는 것을 뜻한다. 만일 당신이 섹스를 아예 하고 싶지 않다면, 이는 당신의 특권이다.

SW방법론에 섹스가 필수적인 것은 아니다. 섹스를 하지 않아도 우리의 방법은 효과적이며, 그가 당신의 가치를 높게 평가하는지를 판단하는 데도 문제가 없다.

중요한 것은 SW방법론을 알고 있다면, 이제 막 데이트를 시작하는 남자와 침대로 뛰어들어서는 안 된다는 것이다. 오랜 기간에 걸쳐 누군가를 만나서 알게 되고 그와 가까워지고 결국 당신이 원한다면 육체적으로도 친밀함을 나눌 수 있다는 기대감은 매우 소중한 것이다. 충동적이고 무모한 결정을 하지 않으면서 기대감이 커지도록 하자.

만일 우리의 시스템을 따른다면 당신은 최종적으로 선택한 남자와 훨씬 더 만족스러운 육체적 경험을 할 것이다. 기다림은 그만한 가치가 있다. 기다려본 사람들은 모두 말한다. 기다렸기 때문에 너무 행복하다고.

당신은 선을 긋고 이를 정직하고 효과적으로 표현하는 방법을 배워야 한다. 매우 맘에 드는 남자가 당신이 섹스를 좋아하지 않거나 불감증이라고 생각해서 당신을 기다려주지 않을까봐 걱정될 수도 있다. 하지만 이런 상황에 대해 걱정할 필요는 없다. 이제 막 데이트를 시작하는 남자가 당신이 왜 청바지를 못 벗기게 하는지 쉽게 이해하지 못한다면, 그는 당신에게 맞는 남자가 아니다.

기다림은 섹시함을 증폭시킨다

우리는 보통 본 게임에 들어가기 전에 섹시함을 더 높이기 위해서 만지고 안고 애무하고 키스 한다. 본 게임이 뭔지는 당신도 알 것이다. 우리의 목표는 그 과정을 늦추어서 두 사람 모두 육체적 접촉의 각 단계들을 진정으로 즐기고 맛보는 것이다.

기다림은 기대감을 키운다. 그리고 각각의 단계들은 새로운 단계로 넘어가기 위해 반드시 필요한 과정들이다. 그러므로 12번의 데이트, 3개월간의 기간에 걸쳐 성적인 교감을 탐색해야 한다. 물론 이는 규칙이 아니라 지침이다.

이것이 어떻게 작용하는 것인지 알아보자. 우리는 매주 새로운 육체적 움직임을 더하기를 추천한다. 우리는 이를 행동이라고 부른다. "행동을 취한다"고 할 때와 같이 말이다. 데이트할 때마다 하나 이상의 행동을 원하는 사람들도 있다. 하지만 주자가 일루에 나가면 이루와 삼루를 돌아 홈으로 들어오는 것처럼, 첫 만남에서 악수를 하고 나중에 키스를 하고 결국에는 절정을 맛보기 위해 한 번에 한걸음씩 움직이는 것이 가장 좋은 방법이다. 이것이 SW방법론이다.

행동을 시작하기 위해 선호하는 것이 무엇이건 간에 당신은 유연하다는 것을 잊지 말자. 그리고 이 방법은 단지 가이드라인이다. 결국 선택은 당신의 몫이다. 편안하다고 느끼는 순간에 행동하면 된다. 우리의 시스템은 단순히 당신이 진도를 조절하고 결말이 어떻게 될지에 집중하지 않고 친밀함을 즐기도록 도와줄 뿐이다. 물론 이는 즐겁고 섹시하고 짜릿할 것이다.

섹스에도 단계가 필요하다

육체적 접촉을 위해서는 두 사람이 서로 잘 맞는지를 의식적으로 알아볼 필요가 있다. 알다시피 첫 데이트가 끝날 때 당신은 그와 악수를 했다. 눈을 맞추는 것에 이어 신체의 일부를 접촉하는 것은 두 번째 데이트를 할 생각이 있다는 매우 강력한 보디랭귀지다.

물론 악수가 차갑고 단호하다면 그에게 별로 관심이 없지만 데이트에 감사를 표하고 만나서 반가웠다는 표현이 될 수도 있다. 만일 당신이 인사를 하면서 다른 한쪽 손 역시 그의 손에 얹으면, 이 악수는 보다 큰 의미가 있는 것이다. 그에게 전화를 하라는 뜻이다.

다시 한 번 말하지만 첫 데이트에서 그를 안거나 키스를 해서는 안 된다. 그가 시도를 한다고 해도 부드럽게 뒤로 물러서서 신비로우면서도 다소 부끄러운 듯이 "아직은, 안돼요"라고 표현해야 한다는 것을 잊지 마라.

두 번째 데이트에서 당신은 그에게 따뜻하고 관능적이면서 가벼운 굿나잇 포옹을 할 수 있다. 포옹은 서로의 몸을 가볍게 밀착시켜 성적인 에너지를 발전시키는 속도를 조절하는 완벽한 방법이다.

세 번째 데이트는 가벼우면서도 부드럽고 달콤한 뽀뽀로 마무리한다. 하

너무 들이대는 남자는 버려라

그는 속도를 늦추는 것이 좋다고는 생각하지만 매우 빨리 끝을 보고 싶어서 밀어 붙일지도 모른다. 하지만 당신은 신비로움과 명랑함으로 선을 지켜야 한다. 그에게 서로의 관계가 잘 진전된다면 그 끝을 곧 보게 될 것이라고 알려줘라.

대부분의 남자들은 여성의 바지 속으로 손을 집어넣으려다 제지당한 기억이 있을 것이다. 당신이 그렇게 그를 제지한다면 그는 분명 당신을 더 원하게 될 것이다. 날 믿어라. 만일 그가 기다리지 못하고 이 때문에 당신을 그만 만나려고 한다 해도 기분 나빠할 필요는 없다.

이는 그에 대한 매우 중요한 정보다. 스스로를 쉽게 포기하는 여자와 자고 싶어 한다면, 그는 당신에게 맞는 남자가 아니다.

지만 너무 오래 해서는 안 된다. 당신의 보디랭귀지가 관계가 발전되고 있으며 곧 뭔가 더 할 수 있는 날이 오리란 것을 알려주고 있다.

마지막으로 네 번째 데이트에서는 보다 진도를 나가 완벽하게 입술을 사용하는 관능적 키스를 할 차례다.

입술을 모두 사용하는 진짜 키스는 매우 자극적이다. 하지만 이 행동은 섹스의 시작을 알리는 것도 되기 때문에 너무 길게 해서는 안 된다. 입술이 완전히 열려서는 안 되고 너무 하고 싶지만 참고 있고, 이 행동이 다소 충동적이었다고 말하는 듯해야 한다. 이는 두 사람 모두를 완전히 흥분시킬 것이다. 또 꽤 재미있기도 하다.

데이트가 두 달째로 접어들면, 완전한 딥키스를 할 때다. 이 키스는 매우 중요하다. 키스는 서로 육체적으로 잘 맞는지를 알아보는 은밀한 방법이기 때문이다. 키스가 너무 좋다면 이는 성적으로 잘 맞는다는 것을 뜻하는 경우가 많다.

반대의 경우에는, 교감이 부족하다는 뜻이다. 키스는 서로를 정말 친밀한 정도로 잘 알아가고 있는지를 알려준다. 당신은 그의 얼굴을 만져도 좋다. 또 그는 당신의 얼굴과 목에 키스를 퍼부을 수도 있다. 서로 몸을 밀착시키고 신체적인 교감을 즐기라. 하지만 아직 하체는 안 된다! 아직 침대로 가는 것은 너무 이르니 그냥 소파로 만족하자.

여섯 번째 데이트를 할 때면 만난 지 이미 6주째가 된다. 이제 옷 위로 서로를 애무할 시기가 왔다. '가짜 섹스'를 할 때가 온 것이다. 이는 침실도 좋고 소파도 좋다. 서로의 은밀한 곳을 만져도 되지만 아직 속옷 밑까지 허용해서는 안 된다. 그가 손을 당신의 셔츠나 바지 아래로 가져가면서 너무 많은 것을 원하면 그의 손을 옷 위로 부드럽게 옮겨라. 열정의 속도를 조절하는 것을 잊지 말자.

그에게 아직 안 된다고 말하고 당신 역시 그를 얼마나 원하고 있는지를 속삭여줘라. 섹시하지만 장난스럽게 말하면서 앞으로 더 발전될 것이라는 것을 약속하는 힌트를 주어라. 이는 당신이 그를 여전히 흥분된 상태로 집으로 보내도 좋다는 뜻이다. 그는 다음 데이트 내내 당신을 더욱더 원하게 될 것이다.

일곱 번째 데이트에서는 그가 당신을 흥분시키게 하라. 예스! 만일 그가 다른 행동을 취하지 않는다면 그의 손을 당신의 셔츠 밑으로 가져가라. 그리고 여덟 번째 데이트에서는 셔츠를 벗고 맨 살을 닿아도 좋다. 속옷 밑으로 손을 넣지만 않으면 뭐든 다 해도 된다.

3개월째에 접어들면 아홉 번째 데이트가 기다리고 있다. 이제는 거의 다 왔다. 만지고 안고 키스하고 셔츠를 벗고, 그렇다, 이제는 그가 당신의 속옷 안에 뭐가 있는지 알 때가 온 것이다. 이쯤 되면 그가 당신을 너무나 원한 나머지 "때가 되었다"고 당신을 설득할지도 모른다. 하지만 아직 아니다.

열 번째 데이트에서는 서로 흥분하는 모습을 보여줄 수도 있다. 이는 많은 사람들이 매우 섹시한 행동이라고 생각하는 것이기도 한다. 각자 자신을 더듬고 애무하는 것을 보는 것 말이다.

남자들은 보는 것을 좋아한다. 그러면서 뭔가 더 하고 싶어 하며, 이런 행동들이 그를 매우 흥분시킨다. 이는 서로의 유대감을 높이고 친밀함을 경험하게 한다. 또 매우 짜릿하기도 하다. 물론 이 단계를 건너뛰어도 좋

섹스에도 단계가 필요하다

첫번째 달
(데이트 1-4)

- 악수
- 포옹
- 입술다물고 키스하기
- 관능적 키스

두번째 달
(데이트 5-8)

- 진짜 키스하기(딥키스), 더듬지는 말기
- 딥키스, 옷위로 더듬기
- 딥키스, 셔츠 안으로 애무하기
- 서로 흥분시키기
- 셔츠 벗고 애무하기

세번째 달
(데이트 9-12)

- 딥키스, 애무, 자극하기
- 흥분하는 모습 보여주기
- 입으로 서로 애무하기
- 진짜 섹스

다. 선택은 당신의 몫이다.

열한 번째 데이트에서는 입으로 서로를 애무하는 것을 추천한다(당신이 괜찮다면). 입으로 서로를 탐색하는 것은 매우 은밀하면서도 대다수의 여성들이 매우 만족하는 것이다.

이제 드디어 대망의 열두 번째 데이트를 할 때가 왔다. 마침내 3개월이 지났다! 알다시피 섹스는 깊고 은밀한 경험을 동반하는 진지한 관계를 말해준다. 만일 필요하다면 이 시기에 대화를 통해 두 사람 모두 둘이 함께하는 진실 되고 진지한 관계를 원하는지 확실하게 짚고 넘어가도 좋다.

의외의 상황들에 대처하는 법

이런 상황을 생각해보자. 정말 괜찮다고, 사귈 만하다고 생각했던 남자가 네 번째 데이트에서 "제게 두 아이가 있다는 얘기를 했었나요?"라고 말한다면?

줄리는 아이를 갖고 싶어 했고, 당시 데이트 상대는 이 사실을 알고 있었다. 그런데 이 남자는 2년 전, 여자 친구가 임신을 하고 낙태를 한 이후로 정관절제술을 받았다는 사실을 두 달이 지나서야 줄리에게 얘기했다고 한다.

데이트 과정에서 당신은 폭탄을 만날 수도 있고 당신의 시각을 완전히 바꾸어 놓을 새로운 정보를 접할 수도 있다. 이럴 때 너무 충동적으로 반응하거나 놀라지는 말자. 그리고 잠시 그 사람과 계속 데이트를 하고 싶은지에 대해 생각해보자. 너무 빨리 결정하지 말고 천천히 심사숙고하자.

그에게 성적으로 얘기할 것이 있다면

당신에게 만약 헤르페스 바이러스나 HIV, 생식기사마귀, 혹은 다른 전염성 있는 성병 등이 있다면 상대에게 꼭 말을 해야 한다. 이는 책임감과 직결되며 서로에 대한 윤리적 의무이다. 그런데 언제 말하는 것이 좋을까?

남자들은 당신이 성병이 있다는 것을 이해할 것이다. 하지만 당신과 더 이상 데이트를 하지 않으려는 남자도 있을 것이다. 하지만 절대 주눅들 필요는 없다. 분명 당신과 같은 상황에 있는 사람들이 존재한다.

그렇다면 그에게 언제 어떻게 얘기하는 것이 좋을까? 네 번째 데이트가 가장 적당하다. 그 때쯤이면 서로 어느 정도 편한 이야기를 주고받을 수 있지만, 그렇다고 깊은 감정을 느끼지는 않기 때문이다. 적당한 타이밍에 그에게 솔직히 얘기하라. 그는 신체적으로 중요한 얘기를 알 권리가 있다. 물론 힘들다는 것은 알지만, 꼭 이야기해야 한다. 그저 "할 얘기가 있어요."라고 이야기를 꺼내자.

당신은 옳은 행동을 하는 것이며 결국 스스로도 잘한 일이라고 생각하게 될 것이다. 미안해하거나 관계를 망친다고 생각할 필요는 없다. 그 남자 역시 당신에게 하고 싶은 말이 있을지도 모른다. 셀 수 없이 많은 여성들이 이와 같은 문제를 갖고 있으며, 상대에게 그 얘기를 했을 때 대부분이 "이야기해줘서 고마워요. 제게는 별로 문제가 안 되는 걸요. 사실 저도 당신에게 하고 싶은 말이 있어요."라고 이야기했다고 한다.

또 다른 경우를 생각해보자. 그가 저녁 식사에서 맥주나 와인 대신 콜라만 마신다고 가정해보자. 그리고 다섯 번째 데이트에서 아무렇지도 않게 "당신에게 할 말이 있어요. 전 알코올중독치료모임에 나가요. 그리고 술을 안 마신 지 2년이 넘었고요."라고 말한다면?

당신은 와인을 좋아하기 때문에 이 관계는 끝이 날지도 모른다. 물론 만일 둘이 아주 잘 맞는다면 아주 진지하게 고민해야 한다. 이는 당신 스스로 선택해야 할 문제다.

당장 대답할 필요는 없다. 그냥 간단하게 "말해줘서 고마워요. 휴, 이건 꽤 큰 문젠데요."라고 말한 다음 다른 주제로 넘어가라. 그리고는 나중에 생각하면 된다. 바로 그 자리에서 결론을 낼 수 있다 하더라도 좀 더 생각해보고 대답하겠다고 하자. 그것이 관계를 정리할 정도로 큰 문제라 해도 바로 일어서서 집으로 가 비탄에 빠질 필요는 없다. 아직 이 사람을 사랑하는 것도 아닌데 말이다.

3개월 동안 데이트를 하고 나면 당신은 이 남자와 더 깊은 관계로 발전하고 싶은지를 알게 될 것이다. 드디어 당신은 SW방법론의 종착지에 다다랐다. 이제 그와의 미래를 생각할 시기가 온 것이다.

느낌 없는 관계를 정리하는 방법

다섯 번째 데이트를 하고 있다. 이 사람에 대해서 좀 더 알게 되긴 했지만 더 이상 끌리지는 않는다. 그에게 상처를 주지 않으려면 어떻게 해야 할까? 그는 아직 당신의 남자친구가 아니기 때문에 이것은 이별이 아니다. 그냥 정리라고 부른다.

그를 정리하고 싶다고 그의 전화를 피하지는 말자. 솔직하고 정중하게 관계를 끝내고 싶다고 말하라. 부드럽고 완곡하게 이렇게 말하면 된다. "할 얘기가 있어요. 말하기 힘들긴 하지만 얘기해야겠어요. 전 우리가 그만 만났으면 해요."

그에게 이 소식을 전해주기 전에 한 가지 부탁을 하자면, 신중하게 결정하라. 당신의 이유가 무엇이건, 정원에 잡초가 있는지 체크하고, 혹시나 당신이 MFDA 때문에 데이트 과정을 피하고 싶어 하는 건 아닌지 확인하라. 당신도 분명 그를 제대로 알기도 전에 발전 가능성을 없애버리거나 섣부른 결정을 내리는 실수를 범하고 싶진 않을 것이다. 지금은 다른 씨앗보다 별로인 것처럼 보이지만 나중에 더 큰 꽃을 피울지도 모르니 더 자랄 기회를 주는 것이 좋다. 우리는 이런 경우를 수도 없이 봐왔다.

그의 전 여자친구

그렇다면 그의 전 여자치구에 대한 당신의 궁금증은 어떻게 해결해야 할까? 당신은 그를 정식으로 만나야겠다고 마음먹은 그 날부터 그의 전 여자친구들에 대해 궁금해 질 것이다. 그는 전에 어떤 스타일의 여자친구를 사귀었는지, 그리고 왜 그녀들과 헤어졌는지 말이다.

이 사실은 그가 알코올중독 치료를 받고 있는지의 여부보다 당신에게 더 중요하고 궁금한 사항일지도 모른다. 하지만 분명한 것은 이러한 궁금증 역시 뽑아버려야 하는 잡초라는 것이다.

처음부터 그의 과거를 알려고 하지 말자. 당신의 남자가 예전 여자친구와 헤어진 이유를 샅샅이 캐내서 좋을 것이 뭐가 있나? 그리고 당신은 양쪽의 얘기를 다 듣지 못하기 때문에 그가 하는 말이 정말 사실인지도 알 수가 없다. 게다가 알아서 뭘 하겠는가? 또 어떤 남자가 "난 정말 나쁜 놈이었어."라고 하겠는가? 그는 지금 당신에게 잘 보이려고 하는데 말이다.

어차피 이 질문에 대해 당신은 명확한 답을 얻을 수 없을 뿐더러 그의 과거를 의식하고 있다는 인상을 심어 주어 그의 행동에 제약을 주게 될 뿐이다.

또 하나 중요한 것이 있다. 만일 그가 당신의 옛 남자친구에 대해서 알고 싶다며 물어도 절대 말해주면 안 된다는 것이다. 당신은 과거가 말끔하게 정리되었다는 것을 보여주거나, 혹은 과거의 남자친구로부터 받은 상처를 얘기하며 지금의 그에게 위로받고 싶을 수도 있다. 하지만 아직은 때가 아니다.

그냥 "지나간 일에 대해서는 얘기하고 싶지 않은데요. 나중에 서로 좀

더 알게 되면 그때 다시 얘기해요."라고 말하자. 누군가의 어두운 부분을
파헤칠 필요는 없다. 서로 친밀하고 충실한, 진지한 관계가 되었을 때 이
에 대해 얘기하자.

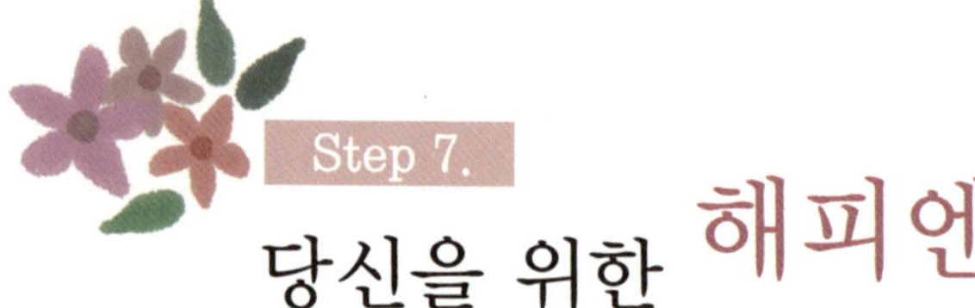

당신을 위한 해피엔딩

SW방법론 : 첫 번째 꽃송이
가장 가능성 있는 관계를 고르고
그와 장래를 약속하는 사이로 만들자.
만족감과 친밀함을 잃지 않도록 노력하자

당신이 SW방법론을 잘 따르고 3개월에 걸쳐 정보를 잘 모았다면 그에 대한 막연한 기대와 환상이 진정한 그의 모습으로 서서히 대체되었을 것이다. 이제 그와의 미래를 생각할 시기다.

당신의 해피엔딩을 장식할 마음의 준비가 되었는가? 먼저 지금까지의 단계들을 거치는 동안 당신을 괴롭혔던 질환 MFDA가 얼마나 치유되었는지 살펴보자. 궁금증을 버릴 때 당신은 진지한 관계에 대한 준비가 비로소 되었다고 말할 수 있다.

1. 만일 그가 당신의 반쪽이라면?

이 사람은 특별한 것일까? 당신은 그가 정말 당신에게 잘 맞는 사람이라고 생각하는가? 진지하고 깊은 관계로 발전하는 데에 거부감이 없는가?

2. 어딘가에 더 괜찮은 사람이 있다면?

당신은 더 똑똑하고 잘생기고, 혹은 더 잘나가는 누군가가 있을 거라고 기대하는가? 당신은 그럴만한 자격이 있는가?

3. 그를 믿을 수 있다면?

그의 참모습에 의심이 가지는 않는가? 당신이 모은 정보들이 그의 부정적인 면을 가리키지는 않는가?

4. 당신이 그가 만나는 유일한 사람이라면?

그가 당신에 대한 감정을 확신하지 못하고 다른 사람을 만나고 있을지도 모른다는 불안감은 없는가? 아직 공식적인 관계가 아닐 수도 있지만 그가 서로 다른 사람을 만나지 않길 바라는 모습을 보인 적이 있는가?

5. 육체적인 매력을 넘어서서 그를 좋아한다면?

그를 만날 때 배에 날아다니는 나비 이상의 강한 유대감을 느끼는가? 그와 함께 외출하는 것이 즐거운가, 혹은 그가 침대에서 어떻게 할까 하는 생각에 정신이 없는가?

6. 그와 미래를 함께 할 생각이 있다면?

당신은 그와 3개월만 만나고 싶은가? 6개월? 1년? 그와 미래에 함께 하고 싶지 않은 어떤 이유라도 있는가?

7. 당신의 옛 남자친구?

당신은 아직도 전 남자친구를 생각하는가? 그를 아는 친구에게 그의 근황을 묻거나 그의 미니홈피를 들락날락하는가? 언젠가 재결합할 거라고 속으로 기대하고 있는가?

8. 서로의 생활 방식(라이프스타일)이 잘 맞는다면?

당신은 그와 함께 시간을 보내는 것이 즐거운가? 둘 다 함께 하는 시간을 우선순위로 두는가? 미래에 대한 비전이 일치하는가?

9. 온라인 데이트 사이트에서 탈퇴해야 한다면?

인터넷으로 연락을 주고받던 모든 남자들과 연락을 끊는 것이 불안한가? 혹시 다른 사람을 만날 수 있을지도 모른다고 생각하는가? 만약의 사태에 대비해서 계속 회원으로 남아 있고 싶은가?

10. 회사에 있는 정말 괜찮은 남자가 마침내 당신의 연락처를 물어온다면?

지금 만나는 이 사람을 제치고 선택할 만한 사람이 있는가? 그들 중 누군가가 당신에게 접근해오기를 은근히 바라는가? 그렇다면 당신은 이를 받아들일 것인가 혹은 "죄송하지만 전 남자친구가 있어요."라고 말할 것인가?

정말 이에 대한 의문을 떨쳐버렸다면 축하한다! 진지한 관계로 넘어갈 준비가 된 것이다! 그런데 그가 당신을 진지하게 생각한다는 것을 어떻게 알 수 있을까? 그가 보내는 신호를 생각하며 아래 물음들에 답해보자.

1. 그는 당신이 그의 인생과 잘 맞는다고 생각하는가? 친구들 모임에 당신을 데리

고 나가는가? 그의 직장에 당신을 데리고 가는가? 그의 친구들이나 가족들이 그가 당신에 대한 얘기를 많이 한다고 말하는가?

2. 당신의 어깨를 감싸고 있는 것을 좋아하는가? 공공장소에서 당신의 손을 잡거나 키스를 하는 것에 거리낌이 없는가?

3. 그는 당신과의 섹스를 기다려 주는가? 관계를 천천히 발전시키고 싶어 하는 당신의 생각을 존중하는가? 그는 보다 친밀한 사이가 되기까지 기다리는 것을 흥미로워하는가, 혹은 짜증스러워하는가?

4. 그는 당신보다 자신에게 더 잘 맞는 사람이 있을 거라고 생각하는가? 아직도 다른 여성을 찾으려고 하는가? 당신과 데이트 중에도 다른 여성을 쳐다보는가? 온라인 데이트 사이트에서 탈퇴했는가?

5. 자신의 인생에서 당신을 최우선으로 생각하는가? 그는 주말에 다른 친구들을 만날지 당신을 만날지를 결정하는 데 아무런 문제가 없는가? 당신과의 약속을 자주 취소하는가?

6. 당신에게 선물을 사는데 돈을 잘 쓰는가? 돈을 아끼는 타입인가? 당신을 배려하는 것이 자연스러운가?

7. 그는 당신이 매력적이라고 생각하는가? 당신의 옷차림에 대해서 불평하는가? 그는 당신을 만날 때 최선을 다해서 꾸미는가?

8. 그는 당신과 미래를 함께 할 것이라고 생각하는가? 당신에게 미래에 대한 이야기를 많이 하는가? 자신의 여자친구가 되어 달라고 말한 적이 있는가?

9. 당신이 옷을 벗지 않아도 당신과 함께 시간을 보내는 것을 즐거워하는가? 당신을 알아가는 것에 대해서 흥미를 느끼는가? 당신이 말할 때 집중해서 듣는가, 또 당신이 말하는 내용에 관심을 가지는가? 모든 대화가 언제나 성적인 주제로 옮겨가는가?

10. 당신을 챙겨주는가? 그는 당신의 의견을 존중하고 자신에게 문제가 있을 때 당신에게 조언을 구하는가? 당신이 안전하고 편안한지 확인하려고 하는가? 당신의 감정을 고려하는가?

3개월이 지날 무렵, 당신은 이런 질문들에 답할 수 있어야 한다. 그래야 두 사람 모두가 진지하고 미래를 내다보는 관계로 발전할 준비가 되었는지 알 수 있다. 지금 당장 결혼을 약속하지는 않더라도 서로 함께 하고 싶다는 확신을 가질 것이다. 당신은 이 씨앗을 당신의 사랑의 정원에 심는 데 성공했다. 이제 꽃을 피울 준비가 된 것이다!

이미 그와 사귀고 있다

"우리 지금부터 사귀자"라는 어색한 대화를 할 필요 없이 미래를 약속할 시기가 왔다. 당신은 호감을 표현해왔고 만족스러운 관계를 원한다는 사실을 이미 입증해왔다. 감정은 깊어졌고 적절한 보디랭귀지 신호를 보냈다.

지금쯤이면 그 역시 진지한 관계로 넘어가고 있다는 것을 느끼고 있다. 어떤 남자도 아무 이유 없이 3개월이나 섹스를 기다리지는 않는다! 하지만 12번째 데이트가 되었는데도 그가 진도를 나가려 하지 않는다면? 당신은 그가 신체적인 행동을 취하게끔 유도할 수 있다. "제가 우리 관계에 대해서 어떻게 느끼는지 알고 있을 거예요. 전 누군가와 진지한 관계가 되면 육체적인 친밀함 역시 그 관계의 일부라고 생각해요."라고 얘기해 보라. 사실 대부분은 그런 말을 안 해도 될 것이다.

그런데 만일 그가 당신을 계속 만나고 싶어 하면서도 미래에 대해서는 생각하지 않는다면 당장 멈춰라. 그것이 정말 원하는 것인가? 아니라면 다음 단계로 넘어가고 절대 뒤를 돌아보지 말라. 이는 두 사람이 다른 것을 원하고 있다는 명백한 증거다. 또 그가 당신에게 잘 맞는 남자가 아니라는 것을 분명하게 나타내준다. 당신은 당신과 함께 멋진 미래를 생각하는 멋진 남자를 원하고 있다. 그렇다면 당신의 천생연분은 지금 다른 어딘가에 있다는 것이다.

제발 그의 마음을 바꾸려고 애쓰지 마라. 그에게 더 많은 시간과 노력을 들인다고 해도 남자의 마음은 갑자기 바뀌지 않는다. 당신의 감정을 표현하는 것이 도움이 될 거라고 생각하면 그는 도망가 버린다. 그는 분명한 메시지를 표현하고 있다. 그는 당신과 뒹굴고 싶은 것뿐이다. 하지만 극적인 반전으로 그가 "내 여자 친구가 되어 줄래요?"라고 말할 수도 있다. 다시 말하지만 SW방법론이 통한 것이다! 이제 당신은 더 이상 의문을 가지지 않을 것이다.

다른 남자는 모두 정리하자

그와 진지하게 사귀게 되면 그동안 만나왔던 다른 남자들에게는 당연히 이별을 고해야 한다. 반드시 전화 통화를 하거나 직접 만나서 정식으로 해야 한다. 이메일이나 문자로 이별을 통보하지 말자. 당신은 〈섹스 앤 더 시티〉에서 캐리의 남자친구 버거가 그녀를 찰 때 포스트-잇에다 이별을 고한 에피소드를 기억할 것이다. 그녀는 완전히 버림받은 기분이었고 무엇이 잘못된 건지 궁금했다. 절대 그런 식으로 누군가에게 이별을 고해서는 안 된다.

분명하게 얘기하고 변명을 늘어놓지 마라. 나중을 기약하자는 여지를 남기지도 말고 그의 감정을 갖고 놀거나 잔인하게 굴지도 마라. 그저 "우리는 잘 안 맞는 것 같아요"라고 하면 된다.

그가 "전화해도 되나요?"라고 물을지도 모른다. 물론 둘이 친구로 남을 수도 있지만 그가 아직 당신에게 감정이 남아있을 가능성이 높기 때문에 친구 사이가 되기는 힘들 것이다. 그의 입장에서는 당신과 친구로 남는 것이 나중에 뭔가 해볼 가능성이 있다고 생각할 것이다. 그러니 깨끗하게 정리하라.

어떤 여성들은 계속 관심 받는 것이 좋기 때문에 자신에게 호감을 느낀 남자들과 연락을 하고 지내기도 한다. 그들은 친구 관계로 발전시키는 것에는 별로 관심이 없고, 그 남자들과 데이트 비슷한 것을 하면서 자신감을 높이고 싶을 뿐이다. 진짜 데이트에서 오는 감정적 위험 없이 자신을 좋아하는 남자와 저녁을 먹고 영화를 보면서 말이다. 이런 여성들은 단지 불안해서 진정한 관계를 피하려고 할 뿐이다.

당신의 첫 번째 로맨스를 즐겨라

온라인 데이트 사이트에서 탈퇴해야 하는가? 많은 여성들이 자신의 남자친구가 아직도 그런 사이트에 접속하고 있는지를 알고 싶어 한다. 우리는 당신들의 관계가 더 만족스럽다면 그가 그런 사이트에 접속할 필요가 없다고 생각한다. 누군가를 새로 사귈 때 새 남자친구의 프로필을 데이트 사이트에서 본다고 해도 놀라거나 그에게 공격을 하지는 마라. 의사소통은 관계의 핵심이다. 그러니 당신의 걱정을 명확하게 설명하라.

서로 열정적인 관계를 1년 이상 지속시키려면 어떻게 해야 할까? 오, 세상에! 그의 부모님을 만나겠다고? 당신의 MFDA에 기름을 붓지 말고 잡초를 뽑아라! 그와 진지한 관계로 발전했다고 해도 당신의 정원을 가꾸는 것을 게을리 하지 말라. 사랑의 일곱 가지 요소를 잘 가꾼다면 그 누구보다도 행복해질 것이다. 또 긍정적인 마음가짐을 가진다면 당신의 로맨스는 훨씬 더 달콤해질 것이다.

우리의 데이트 방법론이 데이트에서 선택권이 있다고 느낄 수 있는 방법을 제공하고 데이트 과정에서 오는 혼란을 영원히 없애버리는 데 일조했기를 바란다. 내면의 지혜와 열정을 잘 조절하고 당신이 원하고 당신에게 맞는 만족스러운 사랑을 가꾸어 나가길 바란다. 씨앗을 기르는 것을 즐겨보라!

Epilogue …

아직도 "아, 난 절대 남자를 만나지 못할 거야"라는 생각을 가지고 있는가? 그렇다면 당신의 정원은 아직 새로운 씨앗을 가꿀 준비가 되지 않은 것이다. 다시 이 책의 처음 페이지로 돌아가 당신을 괴롭히는 잡초들을 뽑고 흙을 풍요롭게 가꿀 준비를 하기 바란다.

그를 만날 수 있다는 믿음을 가져라!

당신은 그를 만날 것이고, 그때가 되면 정확히 무엇을 어떻게 할 것인지 알 수 있을 것이다. 지금 이 책을 읽는 순간에도 당신의 사랑은 당신을 기다리고 있다. 그러니 믿음을 가지고 집을 나서라.

당신의 인생을 송두리째 바꿔놓을 선물과 같은 로맨스가 당신 앞에 나타날 것이다.

초판1쇄 발행 2009년 11월 10일

저자 라이언 브라우닝 캐시디, 제시카 캐시디
역자 김지윤
발행인 백영곤

책임편집 정재은
디자인 강미연
마케팅 이현정

일러스트 진미선 **인쇄** 대일문화사

발행처 도서출판 장서가
출판등록 2007년 10월 29일 제313-2007-000211호
주소 서울시 마포구 서교동 395-180 서주빌딩 301호
연락처 (T) 02-334-9681 (F) 02-334-9682

정가 10,000원
ISBN 978-89-93210-26-2 03840